番小茄 著

村上春树的餐桌

目 录

PART 1
当我做菜时我做些什么

意面之年 /2
牛蒡胡萝卜丝 /13
真正的三明治 /20
西式煎蛋卷 /33
鲑鱼 /41
汉堡牛肉饼 /52
情人节的萝卜干 /60
难挑的鳄梨 /67
沙丁鱼与竹荚鱼 /73
蔬菜的心情 /84
远离卷心菜卷 /91
豆腐 /97
裙带菜 /107

PART 2
开往日本料理的慢船

鳗鱼 /118
粗卷寿司和棒球场 /126
人人都爱散寿司饭 /133
走进回转寿司店 /141
寿喜烧 /148
和炸肉饼的蜜月 /155
一人份的炸牡蛎 /163
生日便当 /172
天妇罗 /179
夜晚的关东煮 /188
牛排,牛排 /198
赞岐乌冬面 /207

PART 3
远方的美味

甜甜圈 /220

"超级"凯撒沙拉 /230

餐车 /238

薄煎饼（Pancake）/248

高级冰淇淋 /257

在意大利吃意大利面 /266

PART 4
村上小酒馆

柿种花生 /278

天上的血腥玛丽 /284

美味鸡尾酒的调法 /291

有蓝带啤酒的风景 /300

酒厂参观 /311

托斯卡纳 /322

如果我们的语言是威士忌 /337

PART 1
当我做菜时我做些什么
What do I do when I cook

意面之年

从《寻羊冒险记》北海道别墅里的明太子奶油意大利面,到《奇鸟行状录》一边哼着《贼喜鹊》一边煮的番茄酱意大利面,村上春树自1971年意面之年起就开始烹制名为「孤独」的意大利面。

虽然没有正式统计过，但意大利面在村上春树小说中出现的次数在各种料理中肯定名列前茅。

自己烹调食物是村上小说主人公的一项重要技能。他们大多数是一个人生活的青年或中年男性，就算结过婚老婆也大多离家出走，父母子女更是连人影都见不到。即便大多数时候在外面吃饭，或者在酒吧喝酒时顺便吃点东西（比如三明治或煎蛋卷），总还是会有那么一些需要自己煮饭的契机。因此让他们掌握一两项简单又拿得出手的料理还是很有必要的。最简单又最适合一人食的就是意大利面了。

意面基本上是我一个人煮一个人吃。因为什么事而偶尔同别人一起吃的时候也不是没有。但一个人吃要欢喜得多，我觉得意面该是一个人吃的东西，原因倒是不晓得。①

意大利面出现在村上小说中也确实大多是主人公一个人煮一个人吃，在外面吃饭或和别人一起吃意大利面的次数屈指可数。即便有，那意大利面也一定不好吃。

《寻羊冒险记》中"我"和耳模特女友出发去北海道前，在机场餐厅吃午饭，"我"点了焗虾，女友则点了意大利面。女友"不无怀疑地一条条检查着吃意面"，最后剩下一半。

《家庭事件》里的妹妹（主人公奇迹般地有个妹妹）提议星期天中午两人外出吃意大利面。两人来到车站前新开的面馆，"我"点了茄子大蒜意面，妹妹点了紫苏意面。

问题是端上来的面条味道糟糕得简直足以用"灾难"一词来表达，表面软乎乎的，中间却有硬芯，至于奶油怕是连狗都不屑一顾。我死活消耗了一半，其余的叫女侍撤去。②

"我"因此被妹妹说成"太过偏激"，两人大吵一架。看来意大利面果然还是一个人煮一个人吃比较愉快。

为什么不煮日本人常吃的乌冬面或者荞麦面？因为首先要熬煮日式高汤实在是太麻烦了。难以想象一个二三十岁的独居男人会提前将昆布剪成一片片，和小鱼干一起放在清水里浸泡上三四个小时，煮开之后加入木鱼花，再一点点过滤出高汤来。那样一点都不酷嘛。而煮意大利面则容易得多，只要烧一大锅滚水，加入足够多的盐，设定计时器，然后拌入加了大蒜的橄榄油、番茄酱汁或是随便什么顺手或多余的东西就好了。别人若是问起如何才能将意大利面煮得好吃，只要和村上春树一样回答说"简单得很，和意大利面工厂一样"就行了。要说得足够酷，如同西部片里满脸皱纹又冷又酷又孤独的伊斯特伍德。

当然也可以煮速食的乌冬面或荞麦面,但那样又未免过于单调。而意大利面则可以变化出各种花样、不同形状的意大利面搭配不同口味的酱汁,恐怕足够吃上一年也不重样。

肉酱意面

罗勒意面

Pesci 意面

牛舌意面

蛤蜊茄汁意面

培根蛋酱意面

蒜香意面

以及将电冰箱里的多余物胡乱放进去连名都没有的悲剧性意面们。③

实际上意大利面的品种还远远不止于此,更何况还有可以自由发挥、变化出无数种口味的"连名字都没有的悲剧性意面们"。

我认为意大利面的精髓恰恰就在于此。可以把手边能找到的东西一股脑加进去搅拌,味道都不会太坏。一个人煮饭吃很难做到计划性地只采购一人份的食材,因此最常遇到的状况就是什么都会剩下一点。这个时候打开冰箱看看里面有什么就煮什么不是最棒了吗？与其花时间思考用这些材料能做出什么样的搭配，还不如干脆全放在一起煮意大利面来得简单。村上先生年轻时就频繁地煮这种"综合意面"。

这"综合意面"并无明确的味道标准，反正就是煮一锅意面，然后把当时电冰箱里的剩货一股脑儿扔进锅内胡乱搅拌一气，作为"料理"的统一性根本无从谈起。这意面里面有糯米饼，有西红柿，有意大利香肠，有鸡蛋，有五香调味颗粒菜干，有萝卜叶，如今想起来真够没有章法的，但当时只管狼吞虎咽，好吃得不得了。④

在小说中出场的意大利面们也明显带有这种"手边有什么就放什么"的特点。《寻羊冒险记》中"我"在北海道的别墅中一个人等待"鼠"到来时煮了明太子奶油意大利面，"淋上足够多的明太子、黄油，又浇了白葡萄酒和酱油上去"。明太子奶油意大利面是一种在日本很受欢迎的"日式意面"。和日本人发明的拿波里意面一样，明太子奶油意面是意大利本土没有的口味。北海道出产上好的明太子，大可以奢侈地想放多少就放多少。一般的明太子奶油意大利面只用炒香的大蒜、淡奶油和明太子。然而既然是煮来自己吃的意面，所以可以自己想放什么就放什么，加白葡萄酒也好，加酱油也好，都无所谓，大概加白兰地和海苔粉味道也不错。

《斯普特尼克恋人》中的K在去希腊寻找堇的时候煮了番茄罗勒意大利面。在南欧的意大利和希腊，番茄和罗勒是再普通不过的食材，也是绝对的好搭档。只要有番茄、罗勒和奶酪这三样东西，意大利人就能做出比萨、意面和沙拉。别看食材种类少，味道倒是非同寻常地好，质朴却有冲击力。K在寻找堇的时候恐怕没心情好好煮饭，好在随手找来的番茄和罗勒已经足够。

《舞！舞！舞！》中"我"在公寓中等五反田的电话时煮了辣椒大蒜意大利面。这种意大利面的做法更简单，找不到新鲜罗勒没关系，冰箱里连番茄都没有也没关系。只要将足够的大蒜切碎，再加一两个辣椒，用橄榄油慢慢煎出香味，再放入意大利面拌匀，也能做出风味十足的意大利面。

《奇鸟行状录》甚至直接以煮意大利面时打来的电话作为小说的开头。当时"我"正在煮的是番茄酱意大利面（经典的口味）。用橄榄油炒香大蒜和洋葱碎，再加入切碎的番茄煮成番茄酱汁。一口腾起水汽的锅里煮着意大利面，另一口锅在咕嘟咕嘟地翻滚着越来越浓稠的番茄酱汁。等待煮面的时间里也不会无聊，最适合听罗西尼的《贼喜鹊》序曲。时间掌握得好的话，当意大利面煮好的时候，酱汁也熬得恰到好处。将意大利面放入热腾腾的番茄酱汁里搅拌，两者完美融合之时，就是经典的番茄酱意大利面了。

《奇鸟行状录》这个经典开头，村上春树在多年以前就已经想好了，还以此写过一个短篇《拧发条鸟与星期二的女郎们》。在"我"哼着《贼喜鹊》煮着番茄酱意大利面的时候，忽然接到一个不认识的女人打来的电话，要求占用"我"十分钟的时间。十分钟刚好是煮意大利面需要的时间，于是"我"以"正在煮意大利面"为由拒绝了她的要求，然而意大利面还是煮得有点过头了，真让人扫兴又莫名其妙。由此开始，"我"的生活更是发生了一系列不可思议的改变。似乎煮意大利面的过程一旦被打乱，时空也跟着发生了微妙的弯曲一般。

　　因此，各位一定要记住，煮意大利面的时候是万万不能被打扰的啊！

　　这个道理，村上春树早在1971年——意面之年里就领悟到了。

　　一九七一年，我为了活着而持续煮着意大利面条，为了煮意大利面条而持续活着。铝锅里腾起的蒸气正是我的自豪，汤汁锅中"咕嘟咕嘟"响的番茄汁恰是我的希望。⑤

　　独自住在六张榻榻米大小的房间里的"我"，一个劲地煮着意大利面。大蒜、洋葱、沙拉油气味弥漫在房间里，又被静静地吸进去，什么也没留下。

一个人吃起意面来,感觉上就像有人即将敲门进入房间似的。下雨的午后尤其如此。⑥

然而最后一个人也没来,连门也没敲。外面只有雨。

"我"就这样孤独地日复一日地一个人吃着意大利面。

终于有一天,有一个女孩在午后打来了电话。那天没有下雨,"我"也没有煮意面,不过是一个人百无聊赖地躺在榻榻米上罢了。好不容易有个人犹豫着想要敲开"我"的心门,"我"却推说自己正在煮意大利面,不方便接电话。为了让自己的谎话听起来有说服力,"我"甚至在脑海中煮起了空想的意大利面。

我往锅里放进空想的水,用空想的火柴点燃空想的火。

我往沸腾的汤里滑进一束空想的意面,撒上空想的盐末,把空想的定时钟定为十五分钟。⑦

那是永远也没有被真正煮出来的意大利面,永远定格在了孤独的意面之年里。

这实在是太悲哀了。于是村上春树在后来的小说《奇鸟行状录》里,把它变成了真正的番茄酱意大利面,虽然煮过头了,但只要番茄酱汁好吃,味道还是错不了吧。

想知道煮出好吃番茄酱汁的秘密吗?偷偷说一句,村上先生已经把它写在《世界尽头与冷酷仙境》里了。

---

① ③ ⑤ ⑥ ⑦ 村上春树:《意大利面条年》,载《遇到百分之百的女孩》,林少华译,上海译文出版社。

② 村上春树:《家庭事件》,载《再袭面包店》,林少华译,上海译文出版社。

④ 村上春树:《喜欢吃的和不喜欢吃的(三)》,载《村上朝日堂》,林少华译,上海译文出版社。

神户比萨店里的奶油扇贝意面。在《走过神户》一文中,村上春树结束了从西宫到神户的旅程之后,来到这家店吃海鲜比萨喝啤酒。

门司港的明太子秋葵意面。关门海峡的门司港曾是日本对外贸易重要的港口,出现用鳕鱼子和秋葵搭配意面这样的和风洋食一点也不奇怪。

牛蒡胡萝卜丝

"煮意大利面的时候适合听《贼喜鹊》,切牛蒡胡萝卜丝的时候适合听尼尔·杨。"小说家在做饭时顺便发表了自己对于音乐的见解。

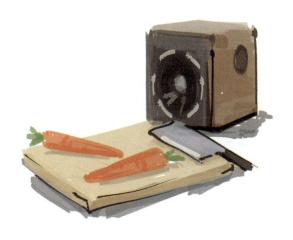

话说煮意大利面的时候为什么要听罗西尼的《贼喜鹊》序曲呢？

《奇鸟行状录》的第一部便叫《贼喜鹊》篇，因此那并不是随意选择的音乐，而是作为小说中的隐喻而存在的。

不过村上春树本人在做饭时的确会根据不同的料理来选择相应的音乐。

经常自己做饭的人或许知道，在洗菜、切菜，或是做一些准备工作的时候，放点音乐，会让做饭这件事情变得更为愉悦。尤其是晚上下班之后做晚饭的时候，进行切菜这类不需要思考的简单操作，伴着自己喜欢的音乐，头脑会进入一种放空的状态，近乎奇迹般地有助于身体和心情从一整天漫长的疲倦中慢慢苏醒过来。

对于不需要上班的村上春树来说，傍晚听着尼尔·杨（Neil Young）的新 CD 在厨房切牛蒡胡萝卜丝或许只是一种纯粹的个人喜好，甚至只是一种巧合。不过他竟然真的认真思考起尼尔·杨和牛蒡胡萝卜丝的匹配性，还真是有趣的人呢。

听着切着，四周空气变得伤感起来，胸口一阵发热。尼尔·杨，切着牛蒡胡萝卜丝听起来确实不坏。我由衷想道：尼尔，你也要加油哟！我可是在加油切牛蒡胡萝卜丝咧！甚至想把做好的牛蒡胡萝卜丝送给他尝尝。不过，如果做着法式煎蛋卷听起来，未必有这么深的感触，因为尼尔·杨的音乐基本就有这种特点。①

这比喻很妙。用文字形容一个人的音乐风格是一件复杂而困难的事情，但是如果听过尼尔·杨的摇滚就会立刻明白，那种简单平实但是充满力量的风格，的确与牛蒡胡萝卜丝更匹配，而与法式煎蛋卷相去甚远。

村上春树还进一步举例说明，同样是简单的美国摇滚乐，红辣椒（Red Hot Chili Peppers）乐队就更适合在天气好的时候开着敞篷车听，音量放得很大，一首接一首地边听边兜风，"顿觉神清气爽，生龙活虎"。

的确，红辣椒乐队的歌曲节奏更密集，情绪更欢快，让人想起加州海边的一号公路、海风的气味，以及开着敞篷车、戴着墨镜、头发在风中飞舞的年轻人。

如果听动物乐队（The Animals）的《天空领航员》（Sky Pilot），由于情绪意外亢奋，很可能"开到另一世界中去"。

所以做牛蒡胡萝卜丝的时候，红辣椒乐队不合适，《天空领航员》也不合适，唯有尼尔·杨与一个中年男子独自在傍晚的厨房默默切着牛蒡胡萝卜丝的身影最为匹配。

切牛蒡和胡萝卜丝都是很花时间的事情。现在当然有了各种辅助切丝的厨房工具，但是村上春树可是单手拿着菜刀切的。有过早年开酒吧"每天几乎要切小山那么多的卷心菜丝"的经历，村上先生的刀工想必还不错。一边听着摇滚乐，一边轻轻松松地操作着菜刀将牛蒡和胡萝卜切成细细的丝，虽然花点时间，心情应该还是很不错的。

对我这种刀工不太好的人来说，想把细长的牛蒡切成丝还是很伤脑筋的一件事情。好在做牛蒡胡萝卜丝这道菜也不需要把牛蒡切得多么好看。牛蒡胡萝卜丝（日本人称作"金平牛蒡"）是日本一道家常料理，下酒或者作为配饭的小菜都很适合。"金平"是日本料理中的一种烹调方法，用芝麻油炒制根茎类的蔬菜，再加入酱油、味淋和糖调味。最受欢迎的"金平"组合就是牛蒡和胡萝卜丝了，几乎每家的主妇都会做。既然是家常料理，切不出齐刷刷粗细一致的牛蒡和胡萝卜丝也无所谓吧。

日本料理作家吉井忍写过一个关于金平牛蒡的故事。一档娱乐节目拍摄一位在东京打拼的日本角力赛选手，时隔多年终于回到乡下老家与母亲见面的过程。母亲问儿子想吃什么，他毫不犹豫地回答"金平牛蒡"。母亲便默默地去地里拔了胡萝卜，洗菜切菜，很快就做好了金平牛蒡。母亲做的金平牛蒡是放了大量红糖和酱油、茶褐色非常重的料理，一点也不像料理书上颜色那么漂亮。想必是味道非常重，可以拿着饭碗大口大口配饭吃的，适合角力选手的"男子汉料理"。儿子一边吃一边说"好吃","谢谢"。两个人就像大多数母子一样,彼此之间非常沉默,但是儿子的眼眶已经湿润了。

《深夜食堂》里也有一话"金平牛蒡",讲喜欢吃金平牛蒡的小混混偶然遇到了一直暗恋的高中老师。高中老师从美国回来,表示自己最想吃的就是金平牛蒡。两人也因此重新开始了多年前中止的感情。对于日本人来说,大概金平牛蒡就是能让人想起"故乡"的味道吧。

这就是金平牛蒡的特质。所以村上春树才会一边听着尼尔·杨的音乐一边想到要请尼尔·杨尝一尝金平牛蒡吧。牛蒡煮过之后依然保持着韧性,和胡萝卜柔软的口感非常搭配。用来下酒的金平牛蒡通常还会加一些切成段的辣椒一起炒,芝麻油浓重的香气中混合着丝丝呛辣,是很有回味的味道。从某种程度上说,这味道与尼尔·杨的音乐气质相当吻合。

如果你也认为牛蒡胡萝卜丝和尼尔·杨的音乐非常匹配,或许也可以试试村上春树的其他推荐:

切甘蓝圈时听"曾经被称为王子的艺术家"(Prince Rogers Nelson)似乎不错。埃里克·克莱普顿适合做香菇拉面时听,煎肉饼时只限于马文·盖伊。②

当然，以上完全是村上春树的个人意见。就我个人来说，我还是想试试做其他料理的时候听尼尔·杨的音乐，因为牛蒡实在是太难切了。

---

①② 村上春树:《牛蒡胡萝卜丝音乐》，载《村上广播》，林少华译，上海译文出版社。

金平牛蒡

在国内的日料店或居酒屋里比较少见,事实上很适合作为下酒菜。

真正的三明治

神户三明治熟食店里的熏鲑鱼三明治成为《舞！舞！舞！》中美味三明治的标杆。

除了意大利面，在村上春树的小说里出现最多的西式料理似乎是三明治。

意大利面可以说在一定程度上已经变成了"日式洋食"的一种，而三明治无论怎么说都还是彻头彻尾的西式料理。

三明治这种食物，也在某种程度上成为村上小说中"孤独的都市人"的代表性食物。没有家人、独自生活的单身汉，每天在酒吧用啤酒和三明治应付晚餐，像是雷蒙德·钱德勒的小说里走出来的主人公一样。

"煎鸡蛋卷和三明治，"她说，"在酒吧天天吃煎鸡蛋卷和三明治？"

"不是天天，每三天自己做一次。"

"那么，三天里有两天在酒吧吃煎鸡蛋卷和三明治喽？"

"是啊。"我说。

"为什么老是煎鸡蛋卷和三明治？"

"因为好的酒吧是有可口的煎鸡蛋卷和三明治供应的。"

"唔，"她说，"怪人！"①

《寻羊冒险记》中，妻子离去之后的"我"，在遇到耳模特女友之前，过得就是这样的单身生活。说起来似乎很无聊。普普通通到处都能见到的三明治简直就像是这种无聊人生的食品代言人。

《奇鸟行状录》中,待业在家的冈田亨接到自称姓加纳的女人打来的电话时,也正在做三明治当午餐。

> 我在厨房里切面包夹黄油和芥末,再夹进西红柿片和奶酪片,之后放在菜板上准备用刀一切为二——正要切时电话打来了。②

辞去工作的冈田亨每天所做的事情便是在家买菜、煮饭,去银行交煤气费和电费,按照十二道工序熨烫衬衫。尽管他本人得以自得其乐地按照自己的兴趣读书,思考人与人之间是否能够真正理解之类的问题,只怕在世人的眼里,他也不过是一名失业在家的无聊中年男子罢了。

涂了黄油芥末的番茄奶酪三明治看起来不错,到底味道如何则不得而知。冈田亨在吃三明治的时候努力回忆着加纳打来的电话,恐怕不知其味。

不光是男性角色,连女性角色都如此。

短篇小说《下午最后的草坪》中,"我"最后一次去给人剪草坪,雇主就是一名这样的家庭主妇。她独自一人生活在半山腰的别墅里,从上午就开始喝威士忌,倒是会做味道还不错的三明治。

她做的火腿生菜黄瓜三明治比看上去时好吃得多。我说十分可口。她说三明治以前就做得好，此外什么都不行，就三明治拿手。死去的丈夫是美国人，天天吃三明治，只让吃三明治他就心满意足了。

她自己一块三明治也没吃，泡菜吃了两片，往下一直喝啤酒。喝得并不像有滋有味，似乎在说没办法才喝的。我们隔桌吃三明治，喝啤酒，但她再没接着说什么，我也没话可说。③

女主人公做的三明治虽然还算可口，可是对于她来说，那不过是可有可无的东西。天天吃三明治就感到心满意足的丈夫已经去世，女儿也已经离开家去上大学，以后她只能一个人靠酒精打发接下来的人生。

假若人生注定如此百无聊赖，我们又该如何面对呢？

符合现代精神的做法或许是：虽然无奈，也无须对此表示不满，或者干脆"深入到无聊里边去"。

"我"便是如此向耳模特女友解释自己三天里有两天喝啤酒、吃三明治的生活的：

或许如你所说，或许并非我的人生无聊，而是我在追求无聊的人生。但结果是同一个——不管怎样我已把它弄到了手。人们都想从无聊中逃脱出来,我却想深入到无聊里边去,就像在交通高峰期开倒车。所以,我并未因自己的人生变得无聊而发什么牢骚,无非老婆跑掉那个程度罢了。④

至于到底要如何"深入到无聊里面去"呢?我想不妨从做出好吃的三明治开始吧。

每天吃着没有名字也没有特点的三明治,恐怕连无聊本身都会变得分外空虚起来。事实上,三明治当然也有好吃和不好吃之分。只不过在多数人看来,三明治不过是为了节省时间或是怕麻烦才做的。所以对于三明治,一般人并不希求它是多么美味的东西。因此做三明治变成了世界上最简单的料理,比煮意大利面还要简单,连火都不用开,也不用看什么时间,随随便便将火腿、黄瓜什么的切片放在面包里就好了。或者再简单一点,连刀都不需要拿,在一片面包上涂上果酱,另一片面包上涂上花生酱,合在一起包起来就可以给小孩带去学校当午饭了。可是如果这样想这样做,无聊的人生岂不是更加无趣了吗?

三明治可并不是这么简单的东西。吃过很多三明治的村上春树就得出这样的结论:"好吃的三明治是难得碰到的。"

在《世界尽头与冷酷仙境》里,关于美味三明治的标准就异常苛刻:

"嗯，好吃得很。"我赞赏道。味道的确不同凡响。如同我对沙发挑三拣四一样，对三明治的评价也相当苛刻。可这次的三明治刚好触及我既定的标准线。面包新鲜，富有弹性，用锋利洁净的切刀切得整整齐齐。其实制作好的三明治绝对不可缺少好的切刀，而这一点很容易被忽略。无论材料多么高级多么齐全，若无好的切刀也做不出味道鲜美的三明治。我有很久没吃过如此可口的三明治了。芥末纯正地道，生菜无可挑剔，蛋黄酱也属手工制作或接近手工制作。⑤

不过是火腿、黄瓜和奶酪三明治罢了，形容得简直像是在做高级的米其林料理一样，能将三明治做得出神入化的胖女郎也俨然是了不起的天才——人有各种各样的才华，懂得做三明治的诀窍并且能做出美味的三明治也是其中一种。

《舞！舞！舞！》中的诗人笛克·诺斯，虽然只有一只手臂，但是依然可以做出"切得非常之细"的黄瓜火腿三明治，里面还细心地放入橄榄，使得三明治带上"一派英国样式"。味道也"甚是可口，仿佛有一种诗趣"。

于是"我"明知道不该问，却还是忍不住向笛克请教面包的切法。

"其实很简单,单手切就是。正常拿刀当然切不了,拿刀方式上有窍门。要用手指夹着刀片,这样通通通地切。"

他用手比画给我看,但我还是不得要领,仍觉得勉为其难。何况他切得比正常人用双手切的还要高明得多。⑥

只能说这是笛克所拥有的天赋。做三明治和做诗人一样需要天赋。

擅长做三明治的还有《海边的卡夫卡》中的大岛先生。

偏午时我正望着院子吃饭,大岛走来坐在身旁。这天除了我没有别的阅览者。我吃的东西一如往日,不外乎在车站小卖店买的最便宜的盒饭。我们聊了几句。大岛把自己当作午饭的三明治分一半给我,说今天为我多做了一份。

他给的三明治一看就很好吃,我道谢接过吃着。又白又柔的面包里夹着熏鲑鱼、水田芥和生菜。面包皮响脆响脆。辣根加黄油。⑦

柔软的面包配上熏鲑鱼和新鲜蔬菜,想不好吃都很难。面包还被细心地烘烤过,表皮酥脆,再加上自己做的黄油芥末酱,一定远远胜于车站便利店的廉价便当。

如此细心手艺又好的大岛先生,自己却是血型罕见的血友病患者。永远无法亲自拿起菜刀制作复杂的料理,也永远无法离开四国进行长途旅行,所以只能将自己的才华用于管理甲村图书馆和制作三明治。

在这一点上,《世界尽头与冷酷仙境》里胖女郎的经历也有相似之处。胖女郎头脑聪明伶俐,身体极为健康,却受做研究的爷爷影响,不喜欢同社会打交道。不去学校,也几乎不与人交流,就算被爷爷消除了声音也可以在无声状态下自在地生活。

在普通人看来,这样的生活或许堪称无聊的典范。但是设身处地地想一想,倘若人只能在有限的可能性中生活,所能做的事情便唯有向更深的地方挖掘。即便是做三明治这样的小事,也有很多值得仔细思考的问题。生菜和黄瓜是不是足够新鲜,切开的边缘是否干净整洁,面包要烤多久才会外表酥脆、内里依然柔软,蛋黄酱和芥末以什么样的比例混合吃起来才能清爽又丰盈……换句话说,能将普普通通的三明治做得令人称道的人,又怎么会觉得生活无趣呢?

在一塌糊涂的生活里,能吃到美味的三明治,也会令人有幸福的感觉。

我首先把她领进一家像样的饭馆,让她吃了用全麦粉面包做的烤牛肉三明治和蔬菜沙拉,喝了真正新鲜的牛奶。我也吃了同样食物，喝了杯咖啡。三明治味道不错，酱汁清淡爽口，肉片柔软滑嫩，用的是地地道道的山荞末和西洋芥末，味道势不可当。这才叫作吃饭。⑧

这是《舞！舞！舞！》中，因为被怀疑杀人而在赤坂警察署滞留了两天的"我"重获自由之后，开车带"雪"一起去吃三明治的情景。所吃的是能让人真实地感觉到自己重返人间的美味的三明治。

那么自己是否也能做出这样美味的三明治呢？村上春树同样在《舞！舞！舞！》中给出了以下的答案：

把早已调配妥当的脆生生的生菜和熏鲑鱼切得像剃刀刃一样薄，再加冷水浸过的洋葱和芥末做三明治来吃。纪伊国屋的黄油很适合用来做这东西。弄得好，说不定可以赶上神户三明治熟食店里的熏鲑鱼三明治的味道。也有时候弄糟，但凡事只要树立目标并加以不屈不挠的努力，总会取得成功。⑨

去神户旅行的时候，我特意去拜访了那家名叫 Tor Road 的熟食店。店里一层是熟食店，二层是可以吃到熏鲑鱼三明治的咖啡馆。可惜恰好赶上十二月咖啡馆歇业，只好在店里买了切片的熏鲑鱼。店员是一位五十岁左右的和蔼女士,笑容可掬。虽然我只买了一包六百日元左右的熏鲑鱼,她还是非常体贴地问我要不要冰袋。她就像是知道我专门来尝试熏鲑鱼三明治却未能如愿内心深感遗憾一样,亲自将我送出门外,并且在店门口向我鞠躬致意,令我大为吃惊。这样的店家或许真能做出超级美味的如同业界标杆一样的三明治。

后来那包熏鲑鱼被我放在切片面包上面,坐在甲子园车站的长椅上配着罐装咖啡一起吃掉了。

如果可能的话,我也想将熏鲑鱼带回家,自己动手试试做真正美味的三明治。

借由努力地亲手制作三明治,我们或许得以深入无聊的内部,了解无聊生活的真正意义。

---

①④　村上春树:《寻羊冒险记》,林少华译,上海译文出版社。

②　村上春树:《奇鸟行状录》,林少华译,上海译文出版社。

③　村上春树:《下午最后的草坪》,载《去中国的小船》,林少华译,上海译文出版社。

⑤　村上春树:《世界尽头与冷酷仙境》,林少华译,上海译文出版社。

⑥⑧⑨　村上春树:《舞!舞!舞!》,林少华译,上海译文出版社。

⑦　村上春树:《海边的卡夫卡》,林少华译,上海译文出版社。

京都咖啡馆里的鸡蛋三明治

煎蛋卷火候恰到好处,放在酒吧里卖应该也会大受欢迎。

罗马路边餐馆的番茄奶酪三明治

只要有新鲜的布拉塔奶酪和番茄,配上烤过的面包和黄芥末酱就很好吃。

神户元町熟食店"Tor Road",以西式熟食尤其是熏鲑鱼而闻名。《舞!舞!舞!》里出现的"神户三明治熟食店里的熏鲑鱼三明治"就出自这间店。

西式煎蛋卷

村上春树经过一个月特训做出的西式煎蛋卷 VS《挪威的森林》里绿子做的日式煎蛋卷

和三明治一样，看似简单的煎蛋卷也可以有很高的标准。

村上春树写过，有一阵子他几乎每天早上都做西式煎蛋卷，一连做了将近一个月的时间，终于能做出漂亮的西式煎蛋卷了。

村上春树常年自己做饭，想来手艺应该不差，只不过没想到竟然连完美的西式煎蛋卷也能做出来，也算得上是有一定水准的厨师了。

这里说的西式煎蛋卷并非法式或者美式早餐里那种包裹着蔬菜火腿和奶酪的煎蛋卷，而应该指的是日式欧姆蛋（Omelette）。起先法国人的烹饪方式是将蛋汁煎到半凝固状态，在蛋饼中放入内馅后再对折起来，后来在世界各地流传开来，便发展出不同的内馅偏好和做法。到了日本人手里，就被拿来做成了蛋包饭上面的蛋包。

这种欧姆蛋是没有内馅的。鸡蛋打散后倒入平底锅中快速搅散，然后等底面稍稍凝固，就用厨师颠动锅子的手法一点点将蛋皮从一头卷起来，形成一个椭圆形的蛋包，里面包裹着尚未完全凝固的蛋液。将这颗饱满的微微颤动着的蛋包放在事先做好的炒饭上面，用刀子在其顶端轻轻划开，蛋皮就完美地从炒饭上滑落下来，里面浓稠嫩滑的蛋液如同金色的河流一般缓缓流淌着，令人食指大动。

日本著名的美食电影《蒲公英》里就有一个片段完美展示了

制作蛋包饭的过程,厨师(其实只是一名街头的流浪汉)轻巧地晃动着平底锅,一气呵成卷起蛋包的动作非常令人叹服。厨师划开饱满细滑的金色蛋包的那一刻,观众们都会如同电影里站在一旁馋嘴的小孩一样忍不住吞口水。

村上春树也正是因为在电视节目上看到帝国饭店著名厨师村上信夫先生制作西式煎蛋卷,为其高超技艺和做出的煎蛋卷之美深深感动,才当场下定决心:"总有一天我也要做出这样的西式煎蛋卷!"

想象一下这样的场景就觉得还蛮有趣的:村上春树模仿着另一位村上先生的动作,站在炉灶前拿着长长的筷子搅动锅里的蛋液,甩开胳膊抖动手里的锅子,反复练习如何让蛋皮卷成饱满的蛋包。实际做一次就知道,想要不借助其他工具令蛋皮听话地滚动起来是很有难度的。能够持之以恒练习一个月的人,大概就有资格成为职业小说家了吧。不,应该说,能够成为职业小说家的人,也会愿意为了做出完美的西式煎蛋卷坚持不懈地努力练习吧。

当然,和写小说一样,光靠努力是不够的。除了天分,还要掌握一定的技巧。村上春树从村上信夫先生那里学到的秘诀就是:要有一只专门用来做煎蛋卷的锅子。

先用它做油炸食品,然后用它炒菜,等到油彻底渗进锅里,就把它当作西式煎蛋卷专用的平底锅。一旦规定好"西式煎蛋卷专用",就不能再挪作他用了。①

原来如此。

日式煎蛋卷有专用的长方形平底煎锅,没想到西式煎蛋卷也要使用人为打造出的"专用"锅子。

动手一做就明白,要达到这种状态既费事又费时。新的平底锅很不适合做西式煎蛋卷。得讨好它,时而恭维时而恐吓,想方设法将它变成自己的东西。就算已经变成自己的东西,每次用过还得细心保养。哪怕只有一点点污垢没洗干净,鸡蛋都会闹别扭,不肯乖乖地滑过来滑过去。非常棘手。②

在这样的细节上花费的时间和精力,决定了食物的美味程度。

我曾经由于工作原因,在美国新泽西州一间酒店式公寓住了两个星期。酒店提供的美式早餐非常简单,无非是冷冰冰的牛奶、麦片、煎得发硬的培根,唯一能吃到的热乎乎现做的东西,就是西式煎蛋卷。然而由酒店服务生做出来的煎蛋卷简直堪称灾难,无论你选择什么样的馅料,最后都和鸡蛋毫无头绪地混合在一起,变成一整块干巴巴硬邦邦的饼状物。我甚至想问服务生能否让我自己动手做一次煎蛋卷，即便做不出电影里那样美妙的煎蛋卷，哪怕做成蔬菜炒蛋恐怕都会令人更有食欲一些。

那位服务生每天早上都做煎蛋卷，工作时间大概也远远多于一个月，但是如果不是怀着"想要做出漂亮又好吃的完美煎蛋卷"的心情，恐怕永远也不会有进步吧。

这样一想，上面那段村上先生的心得体会，似乎也可以放在写小说以及这个世界上的其他任何工作上呢。

那么村上先生连续一个月早上起来做西式煎蛋卷的特训，成果到底如何呢？

到底好吃不好吃无从考证，不过至少看起来应该还不错。因为村上先生已经开始设想起了"最适合做西式煎蛋卷"的情景：

在温存后的第二天早晨，女孩还在床上睡着，男孩身穿T恤衫和平角短裤站在厨房里，烧开水，冲咖啡。那浓郁的芳香将女孩唤醒。"抱歉，我这里什么也没有，要是你不介意的话，我就给你做菠菜煎蛋卷。"男孩说着点燃煤气，在平底锅里化开黄油，若无其事轻松自如地做好西式煎蛋卷，装在盘子里端上桌。女孩裹着男式条纹棉衬衫，懒洋洋地爬下床，睡意犹自未消，可煎蛋卷又十分诱人。崭新的太阳让厨房里的一切都闪闪发光，令人目眩。广播里流淌着舒伯特的《阿佩乔尼奏鸣曲》。就是这样一种情景。③

有金灿灿闪闪发光的西式煎蛋卷的早上想必十分美好,能与之媲美的大概就是有日式煎蛋卷的午后了吧。在《挪威的森林》里,绿子为了渡边来访特意做的周日午餐里,就有那样的"肥肥厚厚很有分量"的关西风味日式煎蛋卷。

为了回报女孩子们的心意,男孩子们也该和村上春树一样,花点时间好好练习一下如何动作潇洒地做出漂亮的西式煎蛋卷哟。

---

①②③ 村上春树:《做西式煎蛋卷》,载《爱吃沙拉的狮子:村上 Radio》,施小炜译,南海出版公司。

将西式煎蛋卷放在炒饭上制作的蛋包饭

蛋包切开之后里面的鸡蛋呈现完美的半流动状态,再淋上番茄和奶油蘑菇酱汁。

奈良春日荷茶屋里的煎蛋卷

作为奈良名物万叶粥配菜出现的煎蛋卷,蓬松清甜,是地道的关西风味。

鲑鱼

在札幌吃马铃薯炖鲑鱼，带着鲑鱼子便当坐上开往十二瀑镇的列车，在「鼠」的别墅里做鲑鱼炒饭……一路吃着鲑鱼踏上《寻羊冒险记》的旅程。

初次读《寻羊冒险记》的时候，我的注意力被北海道深深吸引。

从"我"与耳模特女友到达札幌开始，北海道的风情便渐渐显露出来：比东京早一个月来临的秋季，街上空空荡荡的电影院，夜空中又大又亮的北极星，以及在餐馆里喝的生啤和马铃薯炖鲑鱼。

那餐馆不过是在街上第一眼看到的餐馆，然而"啤酒十分可口"，马铃薯炖鲑鱼的味道也相当可以，"白汁清淡而富有余味"。

札幌出产的SAPPORO啤酒自不必说，在产地能喝到的新鲜生啤味道势必更胜一筹。加了白酱的马铃薯鲑鱼炖菜也是非常适合寒冷天气的食物。

虽然小说中只提到白酱的味道，不过马铃薯和鲑鱼都是北海道的特产，想必味道比用普通肉类和蔬菜加白酱煮出来的奶油炖菜更为浓郁可口。

两人初到札幌，除了进电影院看了两场电影，便是在暮色笼罩的街头漫步，对于未知的旅程都充满了担忧。一旦用暖乎乎的马铃薯炖鲑鱼填饱肚子之后，耳模特女友便立刻来了灵感，通过按顺序念宾馆名称的方式，找到了位于电话号码簿上排在第四十位左右的海豚宾馆。

接下来的北海道冒险之旅中，也一直可以看到鲑鱼的身影。

"我们"从海豚宾馆的羊博士那里获知了羊牧场的位置，便动身前往牧场所在的十二瀑镇。在从札幌开往旭川的列车上，"我"

一边喝啤酒一边读《十二瀑镇的历史》。借由对历史的叙述,"我"渐渐发现,北海道阿伊努人、为了战争补给而在十二瀑镇饲养的羊,以及羊博士的命运发生了不可思议的交汇。陷入沉思的"我"合上书,边喝啤酒边吃鲑鱼子便当。

鲑鱼子便当是北海道的特色铁道便当。每年九月,鲑鱼从海洋深处汇集至入海口,准备逆流而上去河流产卵,渔场旁边的城镇便开始捕捞鲑鱼的作业。年复一年,鲑鱼每年都会回来。十二瀑镇从一片荒芜到繁荣兴盛,再到重新被废弃,祖辈开垦出来的农田被子孙们重新栽上了树木。历史的车轮如此滚滚向前,不变的只有秋天的鲑鱼子。坐在穿过北海道广袤土地的列车里,吃着北海道冰冷海水里出产的鲑鱼子,多少会明白命运和历史的不可思议。

当"我"终于到达羊牧场之后,耳模特女友却离我而去。"羊男"出现了,然而他也并未透露"鼠"的消息,"我"只好独自在别墅里继续等待"鼠"的出现。在漫长而无聊的等待之中,"我"用来消磨时光的方法便是做菜,反正这座别墅里已经储存了整整一个冬天的食物。

于是"我"从头学习如何烤面包,将冷冻的鲑鱼解冻切开做成腌鲑鱼,去牧场找来可以食用的野菜加鲣鱼干做成炖菜。总之一切亲自动手做。因为在这荒僻的山林之中,既没有出售刚刚出炉的新鲜面包的面包房,也不可能有卖切成片的腌鲑鱼和洗得干干净净的蔬菜的超市。"我"就像前来十二瀑镇开荒的居民们一样,胼手胝足地开拓着烹饪的边界。

说起处理鲑鱼,村上太太似乎是个中高手。一条鲑鱼通常有几公斤重,处理起来并不是很容易。《远方的鼓声》中提到,村上夫妇旅居意大利的时候,经常去罗马米尔维奥桥市场的鱼铺买鲑鱼。由村上太太用日本带来的尖刀将鱼剖开,沿着鱼骨片下鱼肉,取腹部肥美丰厚的部分,除掉鱼皮,做成生鱼片,"马上蘸酱油和芥末在厨房里吃了起来"。

大口小口吃这些的时间里,不由得想吃米饭,正好有昨天剩的冷饭,便就着生鱼片和梅干一扫而光。①

在遥远的地中海也能吃到美味的鲑鱼饭团,大概是用来一解乡愁最好的办法。

鲑鱼是无论怎么做都几乎不会出错的食材,简单烤一烤也好,用来炒饭也好,加在意大利面里做奶油鲑鱼意面也很不错。鱼头可以拿来煮汤,鱼骨和鱼鳍裹上面粉炸得酥酥脆脆的很适合下酒。村上夫妇在罗马时发现意大利人不吃鱼头,于是两人欢欢喜喜地买了鲑鱼,外加免费赠送的鱼头。

吃完鲑鱼生鱼片，余下带骨的鱼肉可以拿来做盐烤鲑鱼。盐烤鲑鱼是日式早餐最常见的菜色。日本的主妇们前一天在超市买来腌渍好的切片带皮鲑鱼，第二天早上略微烤一下，配上米饭、海苔和味噌汤，就是一顿典型的日式早餐了。

大约有一半日式旅馆提供的是这种带有盐烤鲑鱼的早餐，区别仅仅在于味噌汤的汤料（通常是裙带菜和豆腐，有时是蘑菇，有时也会加入蛤蜊），以及附赠渍物的种类。在日本旅行时间一长，偶尔也会想要换换口味，出门走进最近的吉野家或松屋，店里的早餐搭配依然是盐烤鲑鱼配白饭和味噌汤。那种时候难免会对盐烤鲑鱼生出一种并不想与之亲近的心情。

不过这对擅长西洋料理的村上春树来说并不是问题。在《寻羊冒险记》里，"我"没有做盐烤鲑鱼，而是"用鲑鱼罐头、裙带菜和蘑菇做了个西式炒饭"。虽然几乎是与日式早餐同样的材料，不过变换了烹调方式之后，立刻就变成看起来蛮像那么回事的西洋料理。

在被厚厚积雪覆盖的山间别墅里，"我"每天除了读书之外也没有太多别的事情可以做。为了避免在这个仿佛与世隔绝的地方失去对时间的正常感觉，"我"坚持每天运动、打扫房间和做饭。同样地，每天在同一个地方吃同样的东西恐怕很快就会产生厌倦的情绪，所以"我"花时间利用别墅里储藏的食材做出各种料理，每一餐变换不同的搭配，并将其一一记录下来，详细到每一餐喝了奶茶还是黑加仑果汁，饭后甜点吃了桃子罐头还是榛子冰淇淋，喝了两厘米的白兰地还是五厘米的威士忌。

可惜，情况并未因此而有什么改观，除了发现自己开始发胖以外。

时间一长，"我"渐渐开始感到混乱。

"我"丢下公司的工作，追寻着"鼠"留下的讯息一路来到北海道荒僻的深山，耳模特女友也离"我"而去。"我"在寻找羊的过程中失去了很多东西，甚至对于"自我"这一存在开始产生了怀疑。"我"无法确定自己来到这里究竟是受自由意志驱使，还是仅仅被"鼠"和组织利用，莫名其妙地卷入这场寻羊冒险记之中。

说起自由意志，不知为何总让我想到鲑鱼。

我不止一次在纪录片中看到过，秋天的鲑鱼为了回到溪流中产卵，从太平洋深处聚集到入海口，一路逆流而上，沿途经历着种种难以想象的艰难险阻。鲑鱼们离开海洋之后便不吃不喝，逆流游动极大地消耗着它们的体力。当它们鼓足全身力气从河水中跃起跳入浅滩之中时，等待在那里的棕熊们便可以轻松地抓起跳出水面的鲑鱼大快朵颐。侥幸逃过一劫的鲑鱼们来到浅滩，尚且来不及喘息，就又成了鸟类们的目标。最终到达产卵地的鲑鱼所剩无几，皮肤上遍布着尖利的鸟喙和坚硬的石头造成的伤痕。当雌鱼使出最后一点力气产下鱼卵，守候在一旁的雄鱼对鱼卵完成受精之后，鲑鱼们的使命便到此为止。产卵过后的河滩上遍布着鲑鱼们的尸体。

然而到了第二年，这样的场面还会再度上演。

并没有人强迫鲑鱼这样做，鲑鱼们知晓自己的命运。也就是说，是鲑鱼做出了自己的选择。

事实上，"我"也如此。

当"我"收到"鼠"的来信之时，"我"便清楚地知道，自己接受了"鼠"的邀请。"我"代替"鼠"回到故乡的海边，见到了"鼠"过去的女朋友，并且在杰的酒吧替"鼠"喝掉了属于我们两个人的啤酒。"鼠"知晓自己的命运，于是拜托"我"替他向故乡做了最后的告别。而"我"也在那次回到故乡的旅行里，同时完成了自己与过去的告别。

所以，"我"无须质疑自己是否存在自由意志。从某种意义上说，"我"也知晓"鼠"的命运，是"我"自己选择了踏上寻羊冒险记的旅程，为了"鼠"，也为了自己，为了那些注定要失去的和已经失去的一切。

如同鲑鱼们一样，一路逆流而上，在北海道走完自己所选择的道路。

有相当一部分鲑鱼被等待在入海口的渔船所撒下的渔网带走，

变成了热腾腾的鲑鱼石狩锅,或是 JR 列车里贩售的鲑鱼子便当,又或是被冷冻起来,默默躺在什么地方的冷库里。

当"我"在"鼠"的别墅里取出冻得硬邦邦的鲑鱼,静静等待它解冻,然后用它来做腌鲑鱼、烤鲑鱼,以及鲑鱼炒饭的时候,"我"是否已经意识到,"我"和鲑鱼的命运,在北海道的深山里,发生了奇妙的重合呢?

---

① 村上春树:《远方的鼓声》,林少华译,上海译文出版社。

加了鲑鱼子和毛豆的鲑鱼炊饭

蒸熟的鲑鱼味道浓郁,很适合寒冷的北海道冬天。

日本旅馆常见的日式早餐组合：盐烤鲑鱼、米饭、味噌汤。

带上鲑鱼子便当去探访据说是《寻羊冒险记》中别墅原型的松山农场,在农场别墅里一边吃一边眺望窗外被大雪覆盖的风景。

汉堡牛肉饼

《寻羊冒险记》故事的另一种可能性：『我』和『鼠』在北海道的牧场开起了餐馆，『鼠』来管理，『我』做汉堡牛肉饼。

不止鲑鱼，"鼠"在北海道的别墅里还储存了不少牛肉。

于是"我"用烘箱做烤牛排，还将牛肉用绞肉机搅碎，做了汉堡牛肉饼。

当时"我"尚处在第一次见到羊男的震惊之中，为了清理一下思绪，"我"去厨房做了汉堡牛肉饼。

从绞肉开始做汉堡牛肉饼需要花上一些时间，洋葱要切得碎碎的，加入黄油用平底锅炒熟，去除水分和辛辣气。等洋葱放凉之后，将洋葱加入用盐、黑胡椒和肉豆蔻调味的牛肉馅中，再加入鸡蛋、面粉和用牛奶浸泡过的面包糠。然后反复搅拌肉馅直到起胶，放进冰箱冷藏一段时间之后再取出。将肉馅团成饼状，用双手反复拍打去除内部的空气，最后放入平底锅里煎熟。

在用木铲搅拌着平底锅里的洋葱的时间里，"我"想象着在此地开餐馆的场景：

窗户全部打开，边吃边看羊群和蓝天应该相当不坏。一家老小可以在草场上同羊嬉戏，恋人们不妨进白桦林散步。肯定生意兴隆。

鼠搞管理，我来做菜。羊男也有事可做。既是山乡餐馆，他那怪里怪气的衣裳也会自然而然地为人接受。再把那个很现实的绵羊管理员作为羊倌算进来也可以。现实性人物有一个未尝不可。

狗也有用。羊博士想必也会来散心。①

"我"一边做汉堡牛肉饼,一边努力用这样的想象来驱散心中的孤独与恐惧。

做饭能够给人带来慰藉,特别是做汉堡牛肉饼这种过程复杂的料理。

在切碎洋葱、炒洋葱、等待洋葱变凉的过程中,思绪渐渐从现实性的劳作里集中起来,随着黄油和洋葱的美妙香气慢慢升起,逐渐形成一个映衬出风和日丽的北海道风光的美丽肥皂泡。

要说为什么此时脑海里多半会产生美好的画面呢?大概因为在制作汉堡牛肉饼的过程中,鸡蛋和面粉柔软的触感、洋葱逐渐变成褐色时散发的香气、牛肉在锅里噼啪作响的声音,都很容易将人的想象带往一个蓬松的香喷喷的情境里去。

村上春树在短篇小说《喜欢巴特·巴恰拉克吗?》中也解释了这个问题。

小说中的"我"是一个利用课余时间为 Pen Society 公司打工的大学生。Pen Society 的主旨是帮助会员写出"打动对方的信","我"便负责阅读会员写来的信件,然后通过回信对他们的信件写作提出建议。

想也知道,会加入这种协会并且写信的人,大部分是希望能与人沟通的寂寞的都市人。而具体写些什么，其实并不是那么重要。

不过对于阅读信件的"我"来说，情况还是多少有所差别的。在给一位三十二岁的家庭主妇的回信中，"我"赞扬了她所写的汉堡牛肉饼：

> 尤其汉堡牛肉饼与肉豆蔻之间的关系那段富有生活气息，实在精彩得很，从中可以真真切切地感受到厨房暖暖的气味和菜刀切元葱的"咚咚"声。②

相比之下，如果对方写的是国营电车自动售票机，"我"便兴味索然，认为文字未免有点"华而不实"，"着眼点诚然有趣，但情景未能跃然纸上"。

假设对方的写作水平不会在短时间内有太大变化，显然描写汉堡牛肉饼的制作过程更容易引起人的共鸣。

事实上也是如此，"我"在读着她的来信的时候，想吃汉堡牛肉饼的心情被突然唤醒，当天晚上便去餐厅点了一份汉堡牛肉饼。

日本的汉堡牛肉饼属于"和式洋食"的一种，与夹在汉堡里的牛肉饼是截然不同的食物。牛肉饼被浇上酱汁，放在烧热的铁板上端上来，配土豆泥和蔬菜沙拉。吃的时候用筷子而非刀叉，并且和米饭一起吃。酱汁一般是用味淋、酱油加番茄酱煮出来的，有时也加黑胡椒或芝士，相比一般日本料理口味更加浓郁。

或许为了突出"洋食"的感觉，"我"去的那间餐厅还推出特别的"得克萨斯风味""加利福尼亚风味"以及"夏威夷风味"的汉堡牛肉饼。可惜"我"想吃的，只是什么风味都没有的普普通通的汉堡牛肉饼。

人世也真是个奇妙场所，我实际需求的是极为理所当然的汉堡牛肉饼，而在某个时刻却只能以需要去掉菠萝的夏威夷风味牛肉饼这一形式得到。③

"我"忍不住在给那位家庭主妇的回信中这样抱怨道。于是这位家住在小田急铁道线附近的主妇邀请我去她家吃"极为理所当然的汉堡牛肉饼"。

汉堡牛肉饼味道无可挑剔，香辣恰到好处，表面焦得可以听到一声脆响，内侧又挂满了肉汁，调味汁也正合适。④

当然，家庭主妇并非为了想要向我展示她做汉堡牛肉饼的厨艺而邀请我。两人接下来一起喝了咖啡，边听巴特·巴恰拉克的唱片边聊天。家庭主妇向"我"透露了她喜欢的作家,喜欢的小说,以及她学生时代想要成为作家的梦想。接下来或许理所当然应该一起睡觉才是,不过"我"并没有回应她与先生关系不好的暗示,而是感谢了她所招待的汉堡牛肉饼便离开了。

时隔多年,当"我"再次想起她,想起"一咬就发出脆响的汉堡牛肉饼"的时候,"我"或许应该已经明白,那位家庭主妇所需求的不过是和有时间听她讲话的人聊聊心里想要说的话,只不过最后不得不以加入笔会并邀请指导者到家里来吃汉堡牛肉饼这一形式才得以实现。

如同"我"所渴求普普通通的汉堡牛肉饼却不得一样。

说来真是荒谬的世界。

不过按照村上春树的标准,"普普通通的汉堡牛肉饼"绝对算不上普通。

他在小说《舞!舞!舞!》中,借由主人公"我"向雪提议一起去吃汉堡牛肉饼的机会,重申了这一标准:

要吃地地道道的牛肉饼,里面的肉要"咔咔"爽口,番茄酱要鲜得彻头彻尾,洋葱要香得不折不扣,焦得恰到好处。⑤

要做出这样的汉堡牛肉饼,或许也并不难。只不过要肯花时间,一步一步按照食谱进行，洋葱要彻底炒软，再彻底放凉，肉馅要花时间亲手打到起胶，再放入冰箱耐心等待，总之不可操之过急。可惜在节奏飞快的现代社会，愿意这样做的人，恐怕只有在北海道的别墅里无所事事等待羊男出现的"我"，以及与每天很晚回家的丈夫关系破裂的寂寞家庭主妇了吧。

理所当然的汉堡牛肉饼，似乎并非理所当然地存在于这个世界里。

---

① 村上春树：《寻羊冒险记》，林少华译，上海译文出版社。

②③④ 村上春树：《喜欢巴特·巴恰拉克吗？》，载《遇到百分之百的女孩》，林少华译，上海译文出版社。

⑤ 村上春树：《舞！舞！舞！》，林少华译，上海译文出版社。

淋上浓浓酱汁的汉堡牛肉饼,相比面包来说果然更适合配米饭。

情人节的萝卜干

在情人节买萝卜干做晚饭的村上春树,在《盲柳,及睡女》中写下了关于给女孩子买巧克力的回忆。

村上春树这个人说起来也蛮有趣的,过生日要自己一个人偷偷庆祝:去银座买一张唱片当礼物,然后再去高岛屋的餐厅吃便当。理由是太太花钱买的礼物最后出处还是自己的钱包,简直令人兴味索然,还不如一个人悄悄过算了。

虽然高岛屋的便当确实看上去高级又美味,但是过生日一个人吃便当总觉得有点凄凉。

同样凄凉的还有情人节。

二月十四日傍晚我做了个萝卜干。

在西友前面走过时,看见一个农家老婆婆在路旁卖装在塑料袋里的切片萝卜干,突然很想吃,就买了一袋。一袋五十元。然后在附近豆腐店买油豆腐和普通豆腐。

回到家把萝卜干在水里泡了一个小时,拿芝麻油炒了,再放入切成八块的油豆腐,用调味汁、酱油、砂糖和料酒调好味道,开中火"咕嘟咕嘟"炖了起来。①

萝卜干煮油豆腐是日本家庭料理中常见的一种"煮物"。因为萝卜干方便保存,随时可以拿出来做菜,是日本人餐桌上和便当里经常出现的一道配菜。说到萝卜干,中国人多半会想到菜脯这一类的腌制品。日式的萝卜干没有经过腌制,而是切丝后直接晒干,吃之前再用水泡开恢复原状。既可以用酱油和醋稍加腌制做成凉拌菜直接食用，也可以和昆布、豆腐、胡萝卜等一起炖煮。

这本来是"家庭主夫"村上先生在平常的一天里做的一顿平常的晚饭，只不过不巧那天刚好是二月十四日。于是吃着萝卜干煮油豆腐的时候忽然想起，今天应该是女孩向男孩赠送巧克力的日子。而作家本人非但没有收到巧克力，老婆还一边吃着自己用萝卜干做的料理一边说"情人节？嚯嚯"。事情因此一下子变得凄凉起来了。

过去不然。在兵库县立神户高中念二年级时有三个女孩送我巧克力。在早稻田大学文学院时不时也有同样的事。然而，我的人生从某一时刻开始突然偏离正轨，沦为在情人节晚上做萝卜干和油豆腐炖菜之人了！[②]

人生开始偏离正轨的某个时刻，大概就是人不再年轻的转折点吧。

当然那多半不是某一个时间点，而是在吃着萝卜干的情人节傍晚猛然回想起来，才会意识到，那个时刻已经在不知不觉之间溜走了。

说起高中二年级会在情人节送巧克力的女孩子，我首先想到的是《国境以南 太阳以西》中的泉。泉是"我"高中时期的女朋友，是岛本与"我"分开之后，和"我"交往的女孩。一如那时的"我"

是个普通的高中男生,泉也是个普通的高中女生,不算特别漂亮,喜欢听"我"说话,第一次接吻时会脸红心跳,紧张得手足无措。那样的女生当然没什么不好,只是无法像初恋岛本一样与"我"在精神上完完全全地契合。不过,能够百分之百地投入少年时的恋爱,会在情人节之前亲手为喜欢的男孩子精心制作巧克力的,不正是这样的少女吗?

虽然小说里没有提到,但是泉给我的印象,就是这样的女孩子。

村上春树在作品中提到送巧克力这件事,是在短篇小说《盲柳,及睡女》里。"我"回到故乡陪同表弟去医院看病,因而回忆起了从前陪朋友去医院探望他女朋友的往事。

我俩一起坐一辆雅马哈125cc摩托赶去医院。去时他开,回程我开。是他求我一同去的,"不乐意一个人去什么医院。"他说。

朋友顺路在站前糕点铺买了盒巧克力。我一手抓着他的皮带,一手紧攥巧克力盒。大热天,我们的衬衫被汗湿得一塌糊涂,又给风吹干,如此周而复始。他一边开摩托,一边以糟糕透顶的嗓音唱一首莫名其妙的歌。现在我还记得他当时的汗味儿。那位同学其后不久就死了。③

那恰恰是高二的夏天,故乡便是神户。因此,那就是关于兵库县立神户高中高二夏天的回忆。

那位同学，如同《挪威的森林》里十七岁的木月一样死去了。

而"我"关于他的回忆，就停在他的摩托车后座上，我的手里，还拿着要送给他女朋友的巧克力。

在医院等待表弟就诊的时间里，回忆与夏天的海浪声一起涌上来。"我"想起了他和他女朋友讲的笑话，他的女朋友在餐巾纸上画的盲柳，以及大家一起讨论的关于盲柳的诗。

盲柳的花粉会让女人沉睡。苍蝇运来花粉，钻入耳朵，让女人睡觉，然后在女人体内吃她的肉。男孩爬上被盲柳覆盖的山岗，却只见到了五脏六腑已经被苍蝇吃光的少女。

许多年以后，那些故事早已如同夏天里融化掉的巧克力一样消失在回忆深处了。

这时，我想起那个夏天探病带的巧克力盒。她兴冲冲地打开盒盖一看，一打小巧克力早已融化得面目全非，黏糊糊地粘在格纸和盒盖上了。原来我和朋友来医院路上曾把摩托停在海边，两人躺在沙滩上天南海北闲聊，那段时间里巧克力盒就一直扔在八月火辣辣的阳光下。于是巧克力毁于我们的疏忽和傲慢，面目全非了。对此我们本该有所感觉才是，本该有谁——无论谁——多少说一句有意义的话才是。然而，那个下午我们全然无动于衷，互相开着无聊的玩笑，就那么告别了，任凭盲柳爬满那座山冈。④

少年时收到的巧克力也好，送出去的巧克力也好，重要的并不是巧克力本身，而是与之相关的记忆。

当人不再年轻的时候，情人节有没有收到巧克力似乎也就没有那么重要了。只要那些关于青春的记忆，还好好地保存着，没有在岁月里变得面目全非就好了。

剥离了那些回忆的巧克力，恐怕还远远比不上日常吃的萝卜干煮油豆腐。

潮汕人日常配粥送饭，常常会配一点菜脯，或者将菜脯切成碎粒拿来炒蛋，也是常见的美味快手料理。腌制时间比较久的萝卜干称为老菜脯，用水泡几个小时去除盐分之后可以拿来炖汤。加几片五花肉煎出油，放菜脯一起炒香，然后加水和老豆腐炖煮，称为菜脯豆腐煲。

这种做法和村上春树的萝卜干煮油豆腐有着异曲同工之妙。

虽然是家常料理，不过如果每天回家能有人做好这样的美味端上桌也很不错啊。

当然除了情人节！

---

①② 村上春树：《情人节的萝卜干》，载《村上朝日堂》，林少华译，上海译文出版社。

③④ 村上春树：《盲柳，及睡女》，载《列克星敦的幽灵》，林少华译，上海译文出版社。

萝卜干煮油豆腐是很少能在料理店吃到的家常料理,偶尔会作为配菜出现。

难挑的鳄梨

常常吃鳄梨沙拉的村上春树却预测不准鳄梨的成熟期,就像在现实中难以《遇到百分之百的女孩》。

对于擅长做饭的村上春树来说，世界上最大的难题是什么？

说来你也许不相信，是预言鳄梨的成熟期。

真的，他甚至希望全世界最优秀的学者齐聚一堂，搞个"鳄梨成熟期预测智库"。

亲自挑选和处理过鳄梨的人都知道，这确实是一个难题。鳄梨从开始成熟到成熟得刚刚好之间大概只有一两天的时间，如果没有在这个最佳时刻享用，里面的果肉就会变软发黑。享用鳄梨的"最佳时刻"是难以把握的。

不管怎么说，鳄梨的问题就在于无论是端详还是触摸，从外观上都弄不明白它究竟是能吃了，还是不能吃。满心以为"已经好了吧"，可拿刀一切，却还坚硬无比；觉得"大概还不行"，便搁在一边，谁知里面已经烂成糊状了。迄今为止，我糟蹋了多少鳄梨，真可惜！①

这个问题总结起来或许可以称为"薛定谔的鳄梨"：在切开鳄梨之前，没有人知道鳄梨的状态，鳄梨处于"可以吃"或是"不可以吃"两种状态之一，外部观测者只有切开才能知道里面的结果。

当然这个问题不一定要物理学家才能解答，夏威夷考爱岛（村上春树曾经在夏威夷考爱岛住过一段时间）卖水果的老太太也可能具有这种特殊才能。

每次去买鳄梨,她都会叮嘱我"这个再放上三天","这个明天就要吃掉哦",而她的语言准确得令人感动,简直不妨说是特异功能。我为那时间点的精确而感动,基本一直在她那儿买鳄梨。其他水果摊主的"宜食时间"指示大都是信口开河。②

我很羡慕这种有特殊才能的人,毕竟我也因为猜不准鳄梨的成熟程度放坏了很多鳄梨。我常常想,如果拥有这种预言能力,不仅仅是挑鳄梨,生活的其他方面或许也能变得容易一些。比方说,相距五十米开外时就能准确地指出,从街对面走过来的女孩到底是不是百分之百的女孩。

《遇到百分之百的女孩》这个故事的开头一直让我难以忘怀,因为现实中可能很难遇到如此浪漫的宿命式相遇。那不等同于简单的一见钟情,第一眼为之吸引并不意味着能够完全确定,对于自己来说,对方就是百分之百的女孩(或男孩)。或许最终发现对方是百分之八十五或者百分之八十的恋人也是不错的结果。就像切开鳄梨的时候发现果肉并非百分之百成熟,还带着青涩的气息,不过至少好过熟过头已经发黑的鳄梨。然而那种心情毕竟与"就算不用切开也能够百分之百确定鳄梨成熟得恰到好处"大相径庭。

很遗憾，我从来没有亲手切开过这样的鳄梨，所以也只能够一边阅读村上春树的小说，一边想象，遇见百分之百的女孩的那个四月的晴朗的早上，那一瞬间"胸口便如发生地鸣一般地震颤，口中如沙漠一般干得沙沙作响"的情感。

鳄梨近几年才越来越多地出现在中国人的餐桌上。在此之前，鳄梨基本上是一种只存在于加州卷里的食物。加州卷是由在美国加州开餐馆的日本厨师发明的。由于美国人对生鱼片握寿司的接受度不高，所以他用鳄梨代替生鱼片，加上蟹柳和小黄瓜，用米饭和紫菜一起反卷起来，并且在上面挤上浓浓的蛋黄酱，撒上颜色鲜艳的飞鱼子。这种明显迎合美国人喜好的寿司果然大受欢迎，逐渐被广泛接受。只是没想到这种加州卷最后又传回日本，作为卷寿司的一种在日本也流行起来，连村上春树都对加州卷赞赏有加。对于追求传统日本料理的人来说，或许加州卷根本算不上寿司。不过如果抱着开放的心态尝试一下，你会觉得至少鳄梨、黄瓜、蟹肉的组合配上芥末和酱油味道还不错。

鳄梨因为油脂含量高，口感其实和生鱼片有几分相似，蘸上芥末和酱油的话更是几乎可以乱真。我自己常做的简单料理就是鳄梨温泉蛋盖饭：鳄梨切片铺在饭上，加一个温泉蛋，撒上海苔碎和木鱼花。吃的时候戳破温泉蛋，将蛋汁和海苔、木鱼花一起与米饭搅拌均匀。用一片鳄梨蘸点芥末酱油，丰腴细滑的鳄梨如同鲜嫩的生鱼片一样在舌尖上融化开来，带着一点点独特的清香，和被温润蛋汁包裹的米饭意外地合拍。

下次也想试试村上春树推荐的食谱：

将黄瓜、洋葱和鳄梨拌匀，再浇上姜汁沙拉酱，这种简单的沙拉成了我家的传统菜肴。曾经有一阵子每天都要吃。③

可惜村上春树并没有提供姜汁沙拉酱的具体配方，倒是曾经在纽约一间卖夏威夷 Poke Bowl（"冲浪碗"）的店里看到过姜汁芥末酱。Poke Bowl 是夏威夷的特色美食，渔民们将新鲜的鱼生切块（当地人称为 Poke），放在米饭上，淋上调料和酱汁。由于相对于传统的美式食物来说更为健康，所以 Poke Bowl 近年来在美国加州和纽约等地非常流行。在 Poke Bowl 店里，顾客可以自选主食的种类（白饭、藜麦饭或绿色蔬菜），配上两三种鱼生，再加上任何自己喜欢的配菜（海苔、黄瓜、鳄梨、洋葱，等等）和不同风味的酱汁。

这样看起来，常常出现在村上家餐桌上的鳄梨沙拉也可以算是 Poke Bowl 的一种了。村上春树可真是走在时代前面的人啊。

---

①②③　村上春树：《难挑的鳄梨》，载《大萝卜与难挑的鳄梨：村上 Radio》，施小炜译，南海出版公司。

纽约日料店里的金枪鱼鳄梨沙拉

酱汁是加了葱、酱油、芝麻的东方口味。

沙丁鱼与竹荚鱼

「我」吃醋腌竹荚鱼,「鼠」讲述海上漂来的沙丁鱼罐头,「我」和「鼠」在《且听风吟》的故事里就着下酒菜喝啤酒。

天上掉馅饼的好事或许没有，但是说不准什么时候天上会掉下沙丁鱼与竹荚鱼呢。

天上像下雨一样下鱼，很多鱼。十有八九是沙丁鱼，也许多少夹带点竹荚鱼。①

这是《海边的卡夫卡》里中田老人对警察说的预言。警察听到后当然以为是开玩笑，所以也以要用雨伞倒过来接醋腌竹荚鱼的玩笑来回应。

说起竹荚鱼，第一反应就是做成醋腌竹荚鱼，这大概是村上春树对于竹荚鱼料理方式的偏爱吧，而且还借中田之口说出"醋腌竹荚鱼中田我也中意"这样的台词。

果然第二天中野区街头有大量的沙丁鱼和竹荚鱼从天而降，给在场的人们造成了不小的心理冲击。为什么偏偏是沙丁鱼和竹荚鱼呢？其中大概存在着某种荒诞性之中的合理性。这两种鱼都是日本人餐桌上最为常见的鱼类，个头都不算大，又容易做成菜，味道也好。基于以上种种理由，天上掉下沙丁鱼和竹荚鱼的效果出乎意料地好：

被空中掉下的沙丁鱼和竹荚鱼砸了脑袋的主妇接受采访的场

面也播放了——她被竹荚鱼的脊鳍刮了脸颊。"幸亏掉下的是竹荚鱼沙丁鱼,若是金枪鱼可就麻烦大了。"她用手帕捂着脸颊说。说的确乎在理,但看电视的人都忍俊不禁。还有勇敢的报道员当场烤熟天降沙丁鱼和竹荚鱼在摄像机面前吃给人看。"味道好极了,"他得意扬扬地说,"新鲜,肥瘦恰到好处,遗憾的是没有萝卜泥和热气腾腾的白米饭。"②

烤竹荚鱼是日本最常见的家庭料理之一。竹荚鱼产量大,价格便宜,是性价比很高的蛋白质来源,以至于战后的日本政府曾经呼吁日本的小学生"每天吃一条竹荚鱼"来确保国民健康发育。动画片《樱桃小丸子》里,烤竹荚鱼便常常出现在家境不太富裕的樱家餐桌上。日式的厨房里一般都备有烤鱼用的烤炉,竹荚鱼从中间剖开分成两片,上面放一片黄油,撒一些盐,平放在烤网上塞进烤炉,很快就能端出热腾腾的烤竹荚鱼。烤鱼的时间里拌沙拉,煮好味噌汤,就是简单的一餐。

《奇鸟行状录》中失业在家作为家庭主夫的冈田亨,便常常为妻子制作这样简单的晚餐。村上春树住在希腊的米克诺斯岛上时,也曾经专门借来烤网,用从港口买回来的鲜鱼制作日式烤鱼。因为希腊的食物比较油腻,时间长了便会有脂肪不知不觉在体内囤积。这种时候村上夫妇就进行"脱脂饮食":把鱼烤来吃,不用油,只淋上柠檬汁，用酱油作调味料。

烤鱼用的是从套房公寓管理人范吉利斯那里借来的陶炉和铁丝网。此前我全然不知道欧洲人用陶炉烤鱼吃，一次看见范吉利斯用陶炉和铁丝网在管理人房间前面烤过期面包，遂问能用来烤鱼吗，他说当然能。于是我向他借来陶炉（希腊语叫斯卡拉），在院子里烤竹荚鱼。厨房的微波炉是电热式，没这东西烤不了鱼。遗憾的是燃料并非木炭，而是碎木料，但久违了的烤竹荚鱼还是香得令人感动。味道真是好极，可以感觉出烟味从鼻孔"刷、刷、刷"往脑芯蔓延，细胞渐渐按捺不住。③

烤竹荚鱼的滋味连希腊人都赞不绝口："鱼这么吃再妙不过，德国人法国人都不晓得这个吃法。"当然也吸引了不少附近的猫。看来全世界的人和猫都喜欢烤竹荚鱼。中野区的天上掉下竹荚鱼，最高兴的也是住在附近的猫。

竹荚鱼除了拿来烤之外，家庭主妇通常还会将鱼肉剥下来，切碎之后与姜泥和葱花酱油拌在一起作为下酒菜。

说起下酒菜，就不能不提到醋腌竹荚鱼和油炸沙丁鱼。《且听风吟》里"我"和"鼠"在杰氏酒吧喝掉的无数啤酒中，大概有不少是就着醋腌竹荚鱼和油炸沙丁鱼喝掉的。

"干吗看什么书啊?"

"干吗喝什么啤酒啊?"

我吃一口醋腌竹荚鱼,吃一口蔬菜沙拉,看都没看鼠一眼地反问。鼠沉思了5分钟之久,开口道:

"啤酒的好处,在于它能够全部化为小便排泄出去。一出局一垒双杀,什么也没剩下。"

说罢,鼠看着我,我兀自吃喝不休。④

两人喝着看似毫无意义的啤酒,围绕着啤酒进行看似毫无意义的讨论。例如"鼠"讲一个关于啤酒的故事:"我"乘坐的船在太平洋正中沉没了,"我"抓住救生圈在海上漂浮,遇到一个年轻漂亮的女子也抓着救生圈漂过来,于是两人一起喝啤酒聊天。

"慢着,哪里能有啤酒?"

鼠略一沉吟:"漂浮着的,从轮船食堂里漂来的罐装啤酒,和油炸沙丁鱼罐头一起。这回可以了吧?"⑤

后来女子想要游去岛屿,而"我"则留在原地等待救援,于是两人分道扬镳又分别获救,多年后在山脚一家小酒吧里不期而遇,再次一起喝起了啤酒。

故事非常伤感，多少带着一种缥缈的虚无感。尤其是和啤酒一起漂来的油炸沙丁鱼罐头让人念念不忘。罐装啤酒和罐头会漂浮在海上吗？我竟然十分认真地思考过这个问题。

不管怎么说，醋腌竹荚鱼和油炸沙丁鱼都是喝啤酒的绝佳伴侣。

《世界尽头与冷酷仙境》里，"我"请图书馆女孩来家里吃饭，便准备了"炸沙丁鱼、豆腐和山芋"。沙丁鱼个头不大，不需要很长时间就可以炸得外脆里嫩。镰仓有一道夏季特色料理便是用夏天还很细小的沙丁鱼炸成沙丁鱼天妇罗，同时把沙丁鱼加上切碎的紫苏和海苔一起拌匀，撒在白饭上。搭配着香酥的沙丁鱼天妇罗，在苦夏的时节也能轻松吃下一整碗饭。只可惜这对于患有胃扩张的图书馆女孩来说，恐怕还不够作为饭前垫肚子的前菜。

竹荚鱼也可以拿来油炸，剖开的鱼肉两面都裹上面包糠，炸出来如同金黄色的蝴蝶一般，浇上辣酱油，便是居酒屋里的下酒好菜。居酒屋里还常常提供"竹荚鱼一夜干"，是将竹荚鱼剖开再晾晒一夜之后做成的。鱼干的质地比鲜鱼更加紧致，口感也更丰富。《深夜食堂》中有一话叫作"炸竹荚鱼"，便是借由剖开两半的炸竹荚鱼来隐喻在表演最后常常将双腿分开的脱衣舞娘。可是曾经身为脱衣舞娘的八千代太太并不在乎世人的眼光，依然每次都点自己最喜欢的竹荚鱼干。这样一来，与樱桃小丸子常吃的烤竹荚鱼相比，感觉竹荚鱼干带上了一种成熟的大人味。

《且听风吟》里出现的醋腌竹荚鱼也带有类似的"大人的味道"。毕竟与一边用手抓起炸薯片或是一边剥着花生壳一边喝啤酒相比，坐在吧台前面用筷子分开醋腌竹荚鱼的鱼肉明显要优雅得多。竹荚鱼是亮皮鱼的一种，鱼皮上有闪闪发亮的银色鱼鳞，但是如果处理不好或是不够新鲜就会有很重的鱼腥味，所以家庭料理一般用醋腌的手法来去除这种味道。醋味又刚好中和了生鱼中的油脂，使得腌好的竹荚鱼带有一种柔和而清爽的香味，是大人会欣赏的口味。

可是"鼠"对此不屑一顾。他像孩子一样喜欢吃甜腻腻的浇上可乐的热蛋糕，喜欢没有性场面也没有出场人物死去的小说，坚持每一年圣诞节都祝我生日快乐。总之，"鼠"抗拒所有命中注定应该失去的一切。为此他不惜离开故乡，四处流浪，最后甚至为了反抗入侵他身体的羊与其一起同归于尽。因为羊想要将他所有的情感、回忆和存在本身全部抹去，变成完全不是自己的空洞的羊壳。

他将永远是在海边和"我"一起吹着夏日的风，听着蝉的叫声，喝着啤酒的少年。那个少年或许十分懦弱，遇到什么事情都只会逃避，也因此经历了许多痛苦和难堪。可是"鼠"喜欢这一切，他不接受自己借助羊的力量成为"与我自己不相称的堂堂正正的男子汉"。

而"我"作为已经接受了现实继续生活下去的"鼠"的朋友，能为他做的，便是按照他的指示，在第二天早上九点半给钟上发条，帮助"鼠"将他自己和所有邪恶的一切彻底埋葬。当天夜里，我在半梦半醒之间隐约听到了各种各样的声音：

有人开窗。冷不可耐。海鸥声传来，它们尖锐的叫声撕裂我的皮肤。

"你记得猫的名字吗？"

"沙丁鱼。"我回答。⑥

沙丁鱼是"我"养的一只上了年纪的猫，之前并没有名字，在"我"离开家前往北海道去找羊的时候，将其托付给了"组织"的司机照顾。司机给他起了"沙丁鱼"这样一个名字，因为它之前被当作由意志驱动却没有名字的沙丁鱼一样对待。

当"我"完成"鼠"交代的任务下山返回东京的时候，来接"我"的司机告诉"我"："沙丁鱼精神着哩，胖得圆滚滚的。"

读到这里的时候,我想起了两人在杰氏酒吧一起喝过的啤酒,一起吹过的夏日海风。"沙丁鱼"还健健康康地活着,真是太好了。在大海的不知道什么地方,正漂浮着属于"鼠"的罐装啤酒和油炸沙丁鱼罐头。

---

①② 村上春树:《海边的卡夫卡》,林少华译,上海译文出版社。

③ 村上春树:《远方的鼓声》,林少华译,上海译文出版社。

④⑤ 村上春树:《且听风吟》,林少华译,上海译文出版社。

⑥ 村上春树:《寻羊冒险记》,林少华译,上海译文出版社。

镰仓的沙丁鱼天妇罗

镰仓名物之一是直接用大量沙丁鱼幼苗铺在饭上的沙丁鱼丼,搭配沙丁鱼天妇罗口感更为丰富。

德岛的醋腌竹荚鱼寿司

与常见的竹荚鱼寿司不同,将整条竹荚鱼醋渍之后包上米饭再切开来,搭配德岛产的青柑橘,是风味独特的乡土料理。

蔬菜的心情

《斯普特尼克恋人》里名叫胡萝卜的男孩,《1Q84》里名叫青豆的女孩,灯笼椒形状的山手线电车线路图。

你知道东京山手线电车的线路图是灯笼椒的形状吗？

坐过山手线电车的人不计其数，能发现这一点的，大概只有热爱蔬菜的村上春树。至少在我看来，那不过是一个绿色的环而已。

我是个不怎么吃肉的人，蔬菜便常常成了饮食的核心。我也喜欢去超市或者蔬菜店里买东西，亲自挑选蔬菜。将水灵灵的新鲜卷心菜拿在手上，便会跃跃欲试："好哇，今天该怎么来料理这家伙呢？"世上只怕还会有不少男人，面对着美丽的姑娘便蠢蠢欲动："好哇，今天该怎么来料理这丫头呢？"而在我，（大致来说）对手无非就是卷心菜呀，茄子呀，芦笋呀，不管是好也罢坏也罢。①

对于卷心菜、茄子和芦笋抱有如此热情的人不管怎么说都是可爱的。在电车里呆呆盯着山手线电车线路图的大叔，脑海里思考着的却是灯笼椒的料理方式，这种场面想想便会让人觉得忍俊不禁。

此等心情并非难以理解。日本料理固然美味，缺陷是蔬菜种类和数量都严重不足。尤其是对于旅行者来说，每日在外用餐，难免会希望桌上有一碟炒芥蓝，或者一碗丝瓜汤。不过这纯属妄想，因为这些蔬菜在日本都比较少见，常见的无非是卷心菜、茄子、黄瓜、番茄之类。不过哪怕只有卷心菜，一旦出现在炸猪排的配菜里,也能让人满心欢喜地淋上沙拉酱,大口大口地吃起来。

即便是在以蔬菜料理著称的京都,出现在餐桌上的也大多是萝卜、茄子、莲藕、红薯等根茎类和茄果类蔬菜,绿叶菜很少见到。有时为了色彩的丰富性,会放一两根秋葵、芹菜或扁豆,便令人倍感珍惜地吃下去。如果端上一碟凉拌青菜,也基本上不出意外是小松菜。偶尔也会出现在腌菜里,那多半是萝卜叶子。

不过京都的蔬菜的确好吃。京都人以当地出产的"京蔬"为荣,并且擅长用清淡的调味凸显蔬菜原本的味道:芹菜饱满疏松,充满清甜的汁水;小小的圆形茄子口感柔韧丰满,炖煮或是涂上味噌酱做成田乐烧烤都很适合;南瓜粉糯沙甜,有种栗子的清香味……

每当在餐馆吃到这些美味的蔬菜时,总会因为无法大快朵颐而留下淡淡的遗憾:如果能自己去超市买这样的蔬菜带回家料理该有多好。凉拌菜也好,味噌汤也好,炖煮料理也好,大可以像村上春树一样随心所欲地想怎么吃就怎么吃。

这种心情对于平时不常自己做菜的人来说,或许并不太容易理解。"只要吃到美味的食物不就行了吗?干吗要自己花时间费功夫做呢?"

在我看来,自己动手处理和烹调食物的过程是必要的。亲手拿起洗干净的蔬菜时的沉甸甸和湿润的触感,切开时脆生生的响声,削皮时闻到的清新的气息,都是使人爱上蔬菜的理由。

许多人问村上春树,怎样才能成为小说家呢?

村上春树便以烹饪举例作答:

既然想写小说,那么小说的结构如何,就得作为肌体感觉,从基础上了解它才是。就像"要做欧姆蛋,首先得把鸡蛋敲开"一样理所当然。②

这个比喻是为了说明大量阅读小说的必要性,但我想"亲身体验"是比单纯读书本身更重要的事情。

村上春树认为,在实际动手写文章之前,最重要的是养成仔细注意和深入观察的习惯,并且对此想方设法去思考,把事情的模样尽量以接近现状的形式鲜活地留在脑子里,而不要急于对事情的是非或价值做出判断。

以蔬菜来说的话,就是不要简单地定义"蔬菜好吃"或是"蔬菜不好吃",又或者"这种蔬菜好吃""那种蔬菜不好吃"。这样的人或许能够成为评论家,却是不太适合成为小说家的。

能够成为小说家的人,面对着一棵新鲜的卷心菜,也会产生无数的思考。

不妨把这卷心菜在沸水里轻轻一焯，再配上凤尾鱼做个意面酱汁。或者放上油炸豆腐做个味噌汤，大概也不赖。再不然就细细地切成丝，浇上沙拉酱吃上一大碗，恐怕也不坏……脑海中诸如此类的想象不断膨胀，欲望让它愈加清晰。慢慢地，天色将晚。③

卷心菜的故事就在这样漫无边际的想象中慢慢发酵，成为小说家的素材之一——或许是下一部小说的主人公也说不定。(《斯普特尼克恋人》中就有一个名字叫胡萝卜的男孩。)

当然以上纯属猜测，至少《1Q84》主人公青豆的名字可绝不是因为在超市买了新鲜的青豆才想出来的。

对于喜欢烹饪的人来说，想吃蔬菜的时候看到新鲜的蔬菜，脑海里面会自然而然地产生与食物有关的思考。

在京都的街上散步，常常会看到骑着车买菜回来的家庭主妇，前面的车筐里放着新鲜的圆鼓鼓的萝卜，还带着长长的水灵灵的叶子，活像是刚从地里拔出来的一样。

那种时候就不免望着人家远去的背影发一会呆。

啊，这位太太买萝卜回家是不是要做关东煮呢？把萝卜切段，削去外皮，再小心地修成圆形，放入出汁里咕嘟咕嘟地煮上半个小时，直到萝卜变成琥珀一样晶莹剔透，用筷子夹起来轻轻一戳就能分成两半。稍微浇上一点汤汁，撒上柚子胡椒，一边"呼哈呼哈"地吹着热气，一边热乎乎地吃下去。

又或者是要将萝卜切成细条，撒上盐巴粗粗地腌上一会，把析出来的水倒掉，在脆生生的萝卜丝上淋上日式沙拉酱，再撒上一大把木鱼花，就着啤酒"咔嚓咔嚓"地吃掉一大碗。

新鲜的萝卜叶也不能浪费。将萝卜叶切成段，放在水里烫熟，加盐、糖和酱油拌匀。再切好细细的蒜蓉铺在上面，然后用麻油爆香新鲜的花椒，将滚热的花椒油"刺啦"一下浇在上面。配一碗白粥，早饭也能吃得有声有色。

一边这样想着，一边深切地感到身体对于蔬菜的渴望，感觉自己也变成了和村上春树一样的"蔬菜痴汉"。

虽然还做不到像村上春树那样顾及形形色色的蔬菜的心情（从一棵棵蔬菜的角度出发去眺望世间万事），但是现在再次凝望绿色的山手线电车路线图，我好像有点明白，灯笼椒的形状是怎么回事了。

---

①③　村上春树：《蔬菜的心情》，载《大萝卜和难挑的鳄梨：村上 Radio》，施小炜译，南海出版公司。

②　村上春树：《我的职业是小说家》，施小炜译，南海出版公司。

京都人引以为豪的京蔬

造型精巧,注重色彩搭配,味道出众,可惜分量根本无法满足每日蔬菜摄入需求。

远离卷心菜卷

白天开酒吧做卷心菜卷的小说家,晚上在厨房餐桌上写《且听风吟》。

继续说卷心菜。

村上春树做得一手好卷心菜卷。

因为年轻时找岳父借钱开了酒吧,必须每天像马一样埋头苦干还债。为了做晚上要用的卷心菜卷,他从早上开始就要将满满一袋子洋葱切碎,因此练成了迅速切好洋葱又不会流眼泪的绝技。

"你们可知道不流眼泪切洋葱的诀窍?"我问学生。
"No。"
"就是赶在流泪前快快切完。"①

在普林斯顿大学当客座教授的村上春树这样对向他询问如何写出小说的学生们说道。

然后他就讲起了神宫球场那个著名的春日午后。学生们听了当然面面相觑:那天在那个棒球场莫非发生了什么不得了的事情?于是就这样写起了小说?

不必是什么极其特殊的体验,极其普通的体验也未尝不可。但那必须是深深沁入自己体内的体验。还是学生的时候我就想写什么,可是不知写什么好。需要长达十年的时间和艰苦的劳动来发现写什么好,大概。②

村上春树的处女作《且听风吟》，就这样在日复一日地切洋葱和做卷心菜卷中诞生了。

卷心菜卷在日本也属于家常料理，许多日本人怀念的"妈妈的味道"里就有这一道卷心菜卷。剥下卷心菜的叶子，用水烫一下之后包入加了洋葱的肉馅，再放入高汤里炖煮，可以说是一道没有太高难度的料理。超市里还有现成的冷冻卷心菜卷出售，方便主妇们快速将晚饭端上桌。不过稍微花点时间自己做的话，味道就比速冻品好吃。唯一费工夫的大概就是切洋葱了。洋葱一定要切得细细碎碎的，和肉馅混合在一起吃不到颗粒感，但是又能增加肉馅中鲜甜的汁水。再来就是掌握好煮的时间，卷心菜煮到半透明却还保留着一些脆甜口感的时候，和嫩滑的肉馅最是相配。如果是妈妈做给小孩子吃，一般会在煮好之后淋上番茄酱或是汉堡肉用的酱汁，想不好吃都很难。

日本的家庭餐厅和洋食店里提供的大多也是这种风味的卷心菜卷，普遍程度类似蛋包饭。卷心菜卷在关东煮里也是很受欢迎的美味。如果说是洋食的话，很可能来源于法式卷心菜卷。只不过法国人用白葡萄酒炖煮，日本人则换成了昆布和鲣鱼干制成的高汤。但是因为卷心菜卷现在太常见，到底是洋食还是和食已经很难说清了。

村上春树开的爵士酒吧主要提供威士忌和鸡尾酒，菜谱上提供的应该是成人口味的卷心菜卷。一些日式酒吧会提供关东煮作为下酒菜，因此村上先生每天做的大概也是那种类似的关东煮，就是那种仅用高汤煮过、调味清淡的卷心菜卷。

我自己在家也做过卷心菜卷，除了切洋葱之外，还要把肉馅一一填在卷心菜叶子里，再包成大小差不多一致的菜卷，还是挺花时间的。如果是提供给客人的，还要多花点心思把外形弄得漂亮一些，万一菜叶弄破了或是煮好之后肉馅流出来，恐怕是不能端上桌的。这就变成一件需要花费大量时间和耐心去做的事情，而一旦变成了重复劳动，人就容易生出厌倦的情绪。某天一时兴起给自己和家人做上十个八个不算什么，每天猫在厨房不停地做出小山一样的卷心菜卷则完全是另一回事了。而且自己煮的话，还可能会收到小孩崇拜的眼神和欢天喜地的表情。喝酒的客人却不一定会留意下酒菜有多么可口，只要没有接到投诉就该谢天谢地了。因此说到底，大量做卷心菜卷完完全全是个体力活。

后来村上春树把自己这段开酒吧的经验写进了小说《国境以南 太阳以西》。主人公初君同样是借了岳父的钱，在青山的地下室里开起了爵士乐酒吧。经营酒吧是个相当辛苦的工作，白天要进货、记账、准备晚上要用的酒食，晚上则在店里一边调酒一边播放音乐，还要注意观察顾客的反应。这样一天下来必然筋疲力尽，没有时间也没有精力思考其他问题。直到酒吧的经营逐渐走上正轨，甚至开起了第二间分店，初君才蓦然发觉，眼下看似成功的人生，仿佛是谁为自己准备好而等在那里一般。而自己究竟从哪里开始是自己，则毫无头绪。

那大概就是初君在经历了那么一段每天一门心思切洋葱做卷心菜卷的日子之后沉淀下来的思考吧。看起来每天似乎只是如机械般飞快地切着洋葱，要思考的话顶多也只是将注意力集中在"如何快点在流眼泪之前将洋葱切完"这样的事情上。一旦从这样的体力劳动中停下来，所有停滞的思考就会咕嘟咕嘟一股脑涌上来，甚至包括"我这个人到底是谁"这样的终极哲学问题。

《且听风吟》就是这样诞生在厨房餐桌上的吧。

村上本人坦言："人生所需要的东西都是从自己开的酒吧里学的。我属于在实际运动身体当中思考的人，只能通过身体学东西和写东西。这大概是因为很多年月我是靠从早到晚实际干体力活维持生计的人。"我猜，日复一日做卷心菜卷也在开酒吧的岁月里不断为他累积了人生的现实体验，换句话说，为他的小说添砖加瓦。

不过他倒是没有在他的哪一本小说里提到过有人吃卷心菜卷的。也许当年实在做了太多的卷心菜卷，现在已经提不起兴趣了吧。还是说，卷心菜卷早已经融入其中，成为构筑村上小说现实体验的一部分了呢？

话说回来，下次我也很想试试一边喝威士忌一边吃卷心菜卷。就算不是什么奇妙或是激动人心的体验，也很想尝尝。

---

①② 村上春树：《远离卷心菜卷》，载《终究悲哀的外国语》，林少华译，上海译文出版社。

关东煮里常见的卷心菜卷

很适合配清酒,如果放在爵士乐酒吧里大概配威士忌也不错。

豆腐

小时候在京都南禅寺吃汤豆腐长大的小说家，长大后也喜欢东京中野区豆腐铺的豆腐。《海边的卡夫卡》里的中田先生也来自东京中野区。

豆腐在村上春树家的地位大约等同于巴黎主妇餐桌上的法棍面包，是每天不可或缺的存在。

说实话，我狂热地喜欢豆腐。只要有啤酒、豆腐、西红柿、毛豆（在关西再加上海鳗），夏日傍晚便是天堂。冬天则是热豆腐、油炸豆腐、汤炖烤豆腐。反正春夏秋冬一天两块豆腐。如今家里不吃米饭，豆腐实质上等于主食。①

我也喜欢豆腐。读到这段文字的时候，脑海里就自动浮现出居酒屋的冷豆腐或者胡麻豆腐，以及砂锅里咕嘟咕嘟煮着的汤豆腐。

写下这些文字的时候是冬天，自然先想到的是热腾腾的汤豆腐。汤豆腐是京都名物，尤其是南禅寺的汤豆腐。汤豆腐源于寺院僧人的精进料理，全部由素食构成的菜肴之中，一定少不了豆腐的身影。南禅寺所在的京都东山地区水质偏弱碱性，非常适合做豆腐。几乎每一个去南禅寺的旅人都会在南禅寺外的名店"顺正"坐下来，一边欣赏窗外日式庭院的风景一边吃汤豆腐。

点一人份的汤豆腐套餐，会先上一道软滑的胡麻豆腐、两块涂了味噌酱烤的田乐豆腐、一碟青菜油豆腐、一些渍物和一碗炊饭。客人一边吃着这些小菜，一边等着砂锅里白色豆腐底下的高汤渐渐冒出气泡。那是只用昆布煮出来的清澈汤头,乍看之下宛如清水,只有方形的白色豆腐上有一小片金黄的柚皮。煮出来的豆腐绵密丰盈,充满了浓郁的大豆香气,带一点柚皮淡淡的清香,加一点点葱花和酱油,热乎乎地吃下去,是冬日里非常单纯的幸福。

村上春树也说过,"小时候京都南禅寺一带的热豆腐好吃得无可形容",而且"过去的味道在总体上要更为质朴和实在"。

父亲的家在南禅寺附近,我经常沿着水渠散步到银阁寺,坐在那里的豆腐铺院里一边一口口吹气一边吃很热的豆腐。②

可惜作为来去匆匆的游客,大多数人也只能体会到这一"彻底沦为旅游项目"程度的汤豆腐,即"好吃但并没有好吃到无可形容"的汤豆腐。

这么说未免对南禅寺的汤豆腐不公平,毕竟"更为质朴和实在"这样的评价大概多少与成为旅游项目之后对应上涨的物价有关。

一人份的汤豆腐套餐要价五千日元(或者更高)当然可以说是有点出格。毕竟不过是豆腐而已,花五千日元坐下来品尝的豆腐注定丧失了其平民性。吃的时候必定某种程度上怀有"啊,如此昂贵的汤豆腐一定有不同凡响的美味"的心情,但是那说到底还是豆腐的味道,既吃不出火腿味也吃不出鲍鱼味。最后难免大失所望，气呼呼地回去跟人讲，千万不要去南禅寺吃什么汤豆腐，花那个钱还不如去吃炸猪排。

豆腐的美味归根结底正是在于其本身的质朴。

豆腐是沉默的优秀配角，烧肉炖鱼的时候放进去，吸收了鱼肉油脂精华的豆腐本身往往比肉还受欢迎。又或者下在高汤里，嫩滑的口感和醇厚鲜美的汤水甚为相配。偶尔做主角的时候，也是简单的清蒸，撒一把葱花、蒜末、小米椒，淋上酱油，滚油一浇，就很好吃了。或者干脆白水煮熟，蘸少许作料，依然能让人停不下筷子的才是真正好吃的豆腐。

简而言之，就是不要对豆腐抱有不切实际的期望。

日本料理中的豆腐还要更单纯一些。例如最常见的冷豆腐，日语写作"冷奴"，碟子端上来，就只有一块四四方方的豆腐，上面点缀一些姜泥和葱花，淋上酱油，再撒一把柴鱼片。看起来清简素净，滋味也颇为清爽，实属夏日居酒屋下酒良伴。

新宿的酒馆中有一家做的豆腐极好吃。我跟人去的时候由于太好吃了，一口气吃了四块。酱油啦葱花啦等等一概不要，只"吐噜噜"干吃雪白嫩滑的冷豆腐。真正好吃的豆腐根本无须多余的调味品。英语大概称作"simple as it must be"。据说是中野一家豆腐铺专门为饮食店做的豆腐。[3]

说起中野的豆腐铺，我一下子就想起《海边的卡夫卡》里的中田先生，同样来自东京中野区，像豆腐一样单纯的中田先生。

中田先生因为小时候丧失了记忆，失去了读写的能力，既不识字，也没有抽象思考的能力，对金钱和电视这类东西毫无概念，无法和人正常地交流。他没有要好的朋友，没有爱情，甚至连性欲是怎么回事都不知道。他不懂如何搭地铁和公交车，所以无法去中野区以外的地方。他一辈子辛苦工作得来的积蓄被亲戚挥霍一空，他只能靠政府补贴勉强维持生计，通过替人找回走失的猫收到的礼金才能偶尔去吃一次自己最喜欢的烤鳗鱼。

尽管如此，中田并不对世界感到失望。"没有不满，没有愠怒，不觉得孤独，不忧虑将来，不感到不便，只是悠然自得地细细品味轮番而来的朝朝暮暮。"

虽然这么说不太好，但是如果光从结果上来说，中田单纯得几乎令人羡慕。

毕竟世界上单纯的事情越来越少，就好像"真正考究的豆腐铺一家接一家地从街上消失了"一样。

巴黎的主妇不多买面包，现吃现买，吃剩的扔掉。我认为吃饭这事情不管谁怎么说都应该是这个样子。豆腐也不例外，只吃刚买的，不吃隔夜的，这才是人的正当想法。那种嫌麻烦而吃隔夜豆腐的念头，招致的结果就是防腐剂和凝固剂等掺进了豆腐里。④

尽管像村上春树这样热爱豆腐的人对加了防腐剂和凝固剂的豆腐颇为不满，按照传统制作方法做出单纯豆腐的商家注定只会越来越少。虽然当天买当天吃的豆腐最美味可口，但是很少有人会为了早饭的豆腐味噌汤一起床就出门去买新鲜的豆腐，做豆腐的人也因此失去了早上四点钟就爬起来做豆腐的积极性，最后的结果就是大家都乐于制作和购买添加了防腐剂和凝固剂的豆腐。

这或许听起来顺理成章，但是像中田先生这样的人，恐怕难以理解其中的关联。如果当天做出来的豆腐最好吃，那么就买当天制作的豆腐。如果要制作豆腐，就要制作不添加防腐剂和凝固剂的美味豆腐。这样简单的因果关系大概才符合中田的思考方式。

好在这个世界可以包容中田先生的存在，只要中田按照自己的方式坚持下去，他所要寻找的东西总有一天会出现。

杀死琼尼·沃克的中田为了离开中野区颇费了一番周折。因为无法自己搭乘公交车，他只好先搭可以使用政府发放的特别乘车证的都营巴士到新宿，然后在新宿两个上班族女孩的帮助下由她们的公司同事将其送到横滨，接下来花了一个钟头才找到肯让他搭车去富士川的冷藏卡车司机。

中田连自己要去哪里都不知道，只有一个模糊的概念——要从东京一路向西，出行方式也是搭车这样的笨办法。好在他还是一路得到了许多人的帮助，从上班族女孩那里得到了巧克力和饭团，从她们的同事那里得到了不知道该怎么使用的电话卡，又从卡车司机那里学到了何为关联性，并且一起吃了美味的鳗鱼饭。最后在富士川搭上了星野的车，经由神户顺利地抵达四国。

和星野一样，帮助过中田的人们都深深地被中田身上的单纯所吸引。就像喜爱豆腐的人，也是迷恋着豆腐的单纯一样。不知道是不是巧合，中田先生也擅长做豆腐料理。

回到公寓，见中田正在厨房里以训练有素的手势做放入萝卜和油炸豆腐的煮菜。温馨的香味充满房间。

"闲着无事，中田我就这个那个做了点儿吃的。"中田说。

"太好了，这些日子尽在外头吃，心里正想着差不多该吃点清淡的自做饭菜了。"星野说。⑤

由于不认字，中田只能用常用的材料做同样的饭菜，例如萝卜油豆腐这样简单清爽的家庭料理。中田很抱歉地对星野说。星野却借用贝多芬的《大公三重奏》这样安慰他：

例如刚才听的《大公三重奏》就是他耳朵基本听不清声音后创作的。所以嘛，老伯你不认字虽说肯定不方便不好受，但那并不是一切。就算认不得字，你也有只有你才能做到的事，这方面一定要看到才行。⑥

话说星野也是在遇到中田先生之后，才开始从一个什么都不懂的小混混，渐渐变得能够欣赏贝多芬的《大公三重奏》了。

所以星野才这样对中田说："和你在一起果然不腻烦。怪名堂层出不穷——起码可以这么说。和你在一起就是不腻。"

跟豆腐在一起也永远不会感到厌烦。

---

① 村上春树：《豆腐（2）》，载《村上朝日堂》，林少华译，上海译文出版社。

②④ 村上春树：《豆腐（3）》，载《村上朝日堂》，林少华译，上海译文出版社。

③ 村上春树：《豆腐（1）》，载《村上朝日堂》，林少华译，上海译文出版社。

⑤⑥ 村上春树：《海边的卡夫卡》，林少华译，上海译文出版社。

京都南禅寺的汤豆腐

砂锅里煮好的滚热豆腐捞出来蘸上加了葱花的酱汁，可以品尝到豆腐本身纯粹的味道。

只加了芥末和酱油的冷豆腐

居酒屋里更常见的是加姜泥和木鱼花的冷豆腐,无论哪种都很适合夏天的傍晚配啤酒。

裙带菜

《舞!舞!舞!》中用来招待五反田,《世界尽头与冷酷仙境》中用来招待图书馆女孩的万能裙带菜。

在日本料理中，裙带菜可以说是非常普通的食材，普通到几乎没有什么存在感。

味噌汤里会放裙带菜，不过那只是味噌汤的基本配料罢了。在餐厅点定食，附送的大多是豆腐裙带菜味噌汤。旅馆附带的早餐也会提供干裙带菜、豆腐和葱花，由客人自己浇上热热的味噌汤。只有加了滑子菇或是蛤蜊的味噌汤，才会在菜单里注明是滑子菇味噌汤或是蛤蜊味噌汤。裙带菜味噌汤没有名字，只是味噌汤而已。

日本的家庭主妇都会在家中常备一些裙带菜，除了用来做每天喝的味噌汤，有时也会拿来简单凉拌一下，作为一道简单的配菜。

"你现在在干什么？"深绘里问道，没有搭理天吾的提问。

"在做晚饭。"

"做什么？"

"就一个人吃，很简单。烤干梭子鱼，擦萝卜泥，花蛤葱末味噌汤，配着豆腐一起吃。再做醋拌黄瓜裙带菜，然后是米饭和腌白菜。就这么点。"

"好像很好吃。"

"是吗？其实没什么特别好吃的，一天到晚吃差不多的东西。"天吾说。①

这便是小说《1Q84》中，中年单身汉天吾的日常晚餐。

做一道醋拌黄瓜裙带菜大概只需要十分钟。用开水泡开干裙带菜，同时把黄瓜切片，用盐简单腌一下，然后浇上醋和味淋做的调味汁就完成了。

只有一道萝卜泥日式烤鱼的晚餐未免太过简单，所以又顺手做了醋拌黄瓜裙带菜作为加菜。裙带菜就是给人以这样感觉的配角。

在短篇小说《眠》中，"我"经历了第一次彻夜不眠之后，沉浸在《安娜·卡列尼娜》的阅读中，直到中午十一点四十分才发觉丈夫十二点钟就要回来吃午饭了。此时做饭肯定来不及了，于是"我"决定用荞麦面打发过去。

我慌忙合上书走进厨房，放水进锅，打开煤气，然后切葱，准备下荞麦面条。等水沸的时间里泡开裙带菜，用醋拌了。又从冰箱取出豆腐，准备冷吃。最后去卫生间刷牙，除去巧克力味儿。②

水煮开的时间便足以做好醋拌裙带菜了。除了荞麦面，还能端上一两道小菜，丈夫也就不会表示不满。而"我"也可以少洗几个碗盘，早日回到《安娜·卡列尼娜》的世界之中。

"我"从此再也没能找回自己的睡眠,却并未因此感到疲倦,仿佛精神和肉体相连的轴节被除掉了一般。白天"我"继续机械性地做家务,晚上则用多出来的时间尽情阅读《安娜·卡列尼娜》。

　　一旦习惯之后,这简直是理想中的生活。由于失眠,"我"的人生被延长了。

　　当然睡眠并不是这样毫无意义的存在。睡眠是为了给人体这一系统降温,或者说,对于人的倾向性偏颇加以调整和治疗。所谓人的倾向性,指的是在日常中不知不觉形成的行动和思维的倾向。例如做饭、购物、洗衣服这样机械性的日常活动,无须思考,仅仅是大同小异的肌肉运动而已。这种倾向一旦形成便很难消失,于是人便只能在此种倾向的囚笼里生活。

　　如此说来,偶尔偷懒不想做饭或是做家务,大概也如同睡眠一样,是为了避免自己每天都被如此倾向性地消耗下去的一种治疗。

　　每天自己做饭的人,总会时不时冒出"今天不想做饭"的念头。理由则多种多样,诸如"天气太差不想出门买菜"以及"工作太累、回家太晚提不起精神"之类,或者干脆就是"心情不好就是不想煮饭"。遇到这种情况却又不得不自己动手的时候,家庭主妇差不多都有一套自己的所谓"应急方案"。大多是像小说中一样,利用家里通常会储存的食物(例如荞麦面啦,鸡蛋啦)做出一些足以应付场面的快手料理。裙带菜在这种情况下便会摇身一变,从毫无存在感的配角,变成救场英雄的不二之选。

例如《舞!舞!舞!》中,"我"为了招待好友五反田,端出黑啤酒,又顺手做了一些下酒菜:

> 我把大葱和干梅肉拌在一起撒上松鱼干,用裙带菜和虾做了个醋拌凉菜,把山萮菜和用擦板擦得极细的鱼肉山芋丸搅拌均匀,用橄榄油、大蒜和少量的意大利式腊肠炒了一盘土豆丝,把黄瓜切细做成即食咸菜,还有昨天剩的羊栖菜,有豆腐。调味料用了不少生姜。
>
> "不错不错!"五反田叹道,"天才!"
>
> "简单得很,哪样都毫不费事,熟悉了一会儿就完。关键是能用现成的东西做出几个花样。"[3]

"我"所说的并非自谦,黄瓜、土豆、豆腐、裙带菜、鱼肉山芋丸无论哪一样都是家中常备的食材。对于熟练的家庭主妇,稍微搭配一下,端出几个下酒小菜来并非难事。

然而对于动辄开着豪华跑车出入高级餐厅的五反田来说,这些普通的家庭料理立刻俘获了他的心。

于是两人就着下酒菜喝啤酒,接着喝威士忌,听老唱片,聊天……最后还一起默默吃了"我"用海菜、梅肉干和裙带菜做的茶泡饭。

同样地,在《世界尽头与冷酷仙境》中,"我"也准备了简单的晚饭。可惜对于患有胃扩张的图书馆女孩来说,那分量顶多只够她垫垫肚子。

"需要的话,还有米饭和梅干,味噌汤也可马上弄好。"我试着询问,以防她吃不尽兴。

"那好极了!"

于是我用鲣鱼干简单调味,加裙带菜和鲜葱做了个味噌汤,连同米饭和梅干端上桌来。她转眼间一扫而光,桌上只剩下梅子核。④

饭后两人一起喝啤酒。作为下酒菜,"我"又端出了炒香肠、马铃薯沙拉和裙带菜拌金枪鱼,全部被女孩一扫而光。

虽然遇见患有胃扩张的女孩的概率并不大,不过在家里储备一些耐放的香肠、马铃薯、裙带菜和金枪鱼罐头总是没什么坏处。万一什么时候想要喝酒,随时都能端出一些下酒菜。即便不喝酒,梅干和裙带菜味噌汤也可以用来配饭吃。

从这个意义上说,十分钟之内就能端上餐桌的裙带菜得以将人从倾向性的繁重家务劳动中解脱出来。就着醋拌黄瓜裙带菜或是裙带菜金枪鱼沙拉悠闲地喝上一杯，暂时地让精神从机械性的肉体劳动中解放出来一会儿，不是很棒吗？

那么，今天晚上就别做晚饭了，吃裙带菜茶泡饭怎么样？

---

① 村上春树：《1Q84》，施小炜译，南海出版公司。

② 村上春树：《眠》，载《电视人》，林少华译，上海译文出版社。

③ 村上春树：《舞！舞！舞！》，林少华译，上海译文出版社。

④ 村上春树：《世界尽头与冷酷仙境》，林少华译，上海译文出版社。

裙带菜拌黄瓜通常也只是料理店里的配角，和渍物、味噌汤一起搭配米饭。

爱媛县宇和岛加了裙带菜的鲷鱼饭。

将鲷鱼生鱼片、裙带菜、海苔、生鸡蛋混合在一起后与味噌酱汁一起淋在米饭上,配角裙带菜滑溜溜的口感必不可少。

PART 2 开往日本料理的慢船

A slow ship to Japanese cuisine

鳗鱼

《海边的卡夫卡》中可以和猫交流的中田先生会和猫咪聊些什么呢?当然是鳗鱼啦!

每次去日本之前，我都会兴致勃勃地在目的地附近物色广受好评的鳗鱼料理店，好去痛痛快快地吃上一顿烤鳗鱼。

可惜日本出名的鳗鱼店无一不是要排队很久才能吃到的。尽管这些店里的鳗鱼价格不菲，每天依然有人络绎不绝地去门口排队。

身为游客又不可能每天花时间专门去排队，就算刻意错开饭点，早已饥肠辘辘的人也难以忍受在香气扑鼻的鳗鱼店里枯坐半个小时等待烤鳗鱼上桌。总之，在日本你会深深感觉到：鳗鱼不是天天吃的东西。

尽管如此，村上先生还是经常会为自己找个合适的理由去吃鳗鱼。比如梦见自己开着朋友的奔驰车将右侧车灯撞在柱子上，这样的梦便意味着今天要吃鳗鱼。"黑色奔驰是鳗鱼的象征，撞车灯乃是对吃高卡路里食物的自责之念的置换——以上纯属扯谎，只不过今天想吃烤鳗鱼罢了。"

我倒是觉得这完全可以理解，毕竟烤鳗鱼是那么好吃的东西。

村上春树在《海边的卡夫卡》中，借中田这个人物之口强调了鳗鱼有多么好吃：

"那是。鳗鱼尤其是好东西，同别的食物多少有所不同。这世上，吃的东西有的可以再添一次，可据中田我所知，鳗鱼哪里也不再添。"①

这很好地解释了为什么人会突然想吃烤鳗鱼,而且非要吃烤鳗鱼不可,为此不惜胡乱把当天的梦境和鳗鱼扯上关系。

《海边的卡夫卡》中的中田是一个异常单纯的人,由于少年时遭受暴力而陷入了大脑一片空白的境地,从此一直过着如同孩童般天真的生活,不过他也意外获得了和猫交流的能力,因此他可以通过和流浪猫聊天帮人找回走失的猫,收到的报酬就拿去吃烤鳗鱼。在和猫们聊天套近乎的过程中,鳗鱼是个非常好的话题,总是可以迅速拉近他和猫儿之间的距离。无论是看起来冷酷严肃的黑猫大塚先生,还是漂亮聪明的暹罗猫咪咪,只要说起鳗鱼,大家都高兴地表示:"鳗鱼我也喜欢哪!"

"鳗鱼我也中意。倒不是每天每日都能吃到。"
"确实确实。不是每天每日都能吃到。"
之后二者分别就鳗鱼沉思默想了一番。只有沉思鳗鱼的时间从他们之间流过。②

中田和暹罗猫咪咪之间的这段描写令人神往。我常常好奇猫儿在想些什么,如果知道它也和我一样在思考着鳗鱼,岂不是一件非常美妙的事吗？

村上春树在《鳗鱼店里的猫儿》一文中提到过，从前他住在青山一带的时候，常常去表参道附近的一家小小的鳗鱼店。那家店总有只猫儿在客人的坐垫上晒太阳，他便午后去鳗鱼店，坐在猫儿身旁吃鳗鱼。

说起来，在鳗鱼店里等待鳗鱼端上来的那段时间里，脑海里通常只会想着鳗鱼。

好吃的烤鳗鱼必须现杀现烤。东京地区流行的做法还要在烤之前将鳗鱼先蒸制一遍，去除多余的油脂。从点单到鳗鱼饭上桌大概要等上三四十分钟。许多人在这段时间里会要上一些烤鳗肝或鳗鱼蛋卷之类的小菜，再要一两合日本酒，边喝边吃下酒菜边等。

正是这段漫长等待的时间使得吃鳗鱼饭这件事变得非常具有仪式感。日本作家池波正太郎在《昔日的味道》里写过，曾经有一位长辈招待他和同事去东京鳗鱼老店野田岩吃鳗鱼饭，在等待鳗鱼饭的时间里，大家想要点烤鳗肝和日本酒，结果被那位长辈严词拒绝了："不可以！如果现在喝酒吃东西的话，等一会吃鳗鱼饭就不会觉得那么好吃了！"

村上春树也分享了自己类似的经历。他在奈良旅行的时候走进一间老式鳗鱼餐馆，然后在二楼枯坐了将近一个小时，也不见鳗鱼饭端上来。走到一楼一看，一位老婆婆正在厨房的案板上手法娴熟地将铁钎穿过刚刚杀好的鳗鱼。那种处理鳗鱼的方式中带着某种摄人心魄的东西，他只好回去继续耐心等待。结果那一次的鳗鱼饭出乎意料地好吃，令人难忘。

在等待着鳗鱼饭上桌而什么都不做的时间里，思绪一定会循着店里若隐若现的鳗鱼的气味飘散开来，最后也总是会落在鳗鱼身上。

想着服务生端到客人面前的盛放鳗鱼的看上去很有分量的黑色盒子；想着打开盒盖的那一瞬间，烤得微焦的鳗鱼发出黄金一般耀眼的光芒；想着鳗鱼表面渗出来的闪闪发亮的油脂；想着用筷子轻轻压下去时，柔软而紧致的鱼肉随即分开，底下很有弹性的鱼皮却还带着少许的抵触感；想着夹起一块鳗鱼之后，底下露出沾上了焦糖色鳗鱼汁的米饭；想着在鳗鱼身上撒山椒粉时钻进鼻子的清新的气息。

有的店里还能看到大师傅在炉子前面转动穿着鳗鱼的铁钎，刷在鳗鱼表面的红亮亮的酱汁缓缓地流动，滴落在火焰上，响起"噼啪"的声音，腾起一阵烟来。那画面更是能令人如同着魔一般盯着看。

最后吃到的鳗鱼好吃程度到底是否与此有关，我也不太清楚。不过每次突然想吃烤鳗鱼的时候，与其说是因为想起了鳗鱼的味道，倒不如说是想起了以上这些和鳗鱼有关的事情。

鳗鱼那东西是具有奇特氛围的食物，只消走进鳗鱼餐馆，按部就班点完鳗鱼，就会产生一种仪式性的感触，觉得某个意念就此落下闸门，从而产生莫可言喻的快慰。③

就算像中田先生一样，面前并没有鳗鱼，但是可以和身边的猫一起思考鳗鱼的事情，任由时间静静地流过，似乎也很不错。

在那之后，中田也顺利从咪咪那里获知了关于那只走失的猫的消息。

一定都是鳗鱼的功劳啊。

---

①② 村上春树：《海边的卡夫卡》，林少华译，上海译文出版社。

③ 村上春树：《鳗鱼》，载《村上广播》，林少华译，上海译文出版社。

高知县四万十川名物鳗鱼饭

冒雨搭火车再转公交车专程跑到四万十川吃鳗鱼饭。一边喝着清酒一边看着窗外雨雾笼罩的河水,鳗鱼饭等了很久才端上来,打开盖子的那一刻觉得十分幸福。

福冈居酒屋里的白烧鳗鱼

同样是吃到最后才端上来的白烧鳗鱼,皮脆肉弹。白烧鳗鱼少了蒲烧酱汁的浓郁,是非常适合搭配清酒的料理。

粗卷寿司和棒球场

村上春树式人生小确幸之一：带着刚做好的粗卷寿司便当去神宫球场看养乐多燕子队的棒球比赛。

说来也奇怪，我在日本还一次都没有吃过粗卷寿司。

粗卷寿司在日本一般被称为太卷，与其说是寿司，倒不如说更像饭团。因为在便利店或者便当店里可以买到的概率远远大于在料理店里吃到的概率。日本的寿司店里（至少是游客会去的那种寿司店里），寿司师傅在现场制作的绝大多数是握寿司，就是用灵巧的双手迅速将米饭握成一口大小的饭团，再铺上新鲜生鱼的那一种"江户前寿司"。如果客人想吃卷寿司，可供选择的基本上只有铁火卷（用金枪鱼做的）、干瓢卷或是河童卷（用小黄瓜做的）这样的细卷寿司。那种粗粗大大，里面放进很多种类食材的太卷寿司，我倒是一次也没在现场看寿司师傅做过（不知道有客人点的话会不会做）。

其实我很想看一次寿司师傅做太卷。据说专业的寿司师傅会根据不同食材的使用调整摆放位置，这样切成片的太卷寿司，截面会出现美丽的图案。虽说太卷寿司自己在家里也可以做，但总还是很想看看专业人士做出来的"高级"太卷。

村上春树就认识这样会做太卷的寿司师傅。

过去青山有一家寿司店，去神宫球场前我经常进去，请对方给我做特制的粗卷寿司当盒饭。时间还不到傍晚六点，除了我别无客人。老板也不出来。我在台前一边喝着啤酒抓着白肉鱼做的生鱼片,一边注视相识的年轻师傅做粗卷寿司。棒球比赛很快就要在没有多远的球场开始了——这或许也可称为人生的小确幸(微小而确实的幸福)。①

村上春树的这种"小确幸"或许与即将开始的棒球比赛有关,但是我觉得只要能优哉游哉地坐在店里一边喝着啤酒一边观看寿司师傅做太卷,也足以称得上是"微小而确实的幸福"了。而且相比令人眼花缭乱的握寿司技法,一点一点将各种各样的食材(鸡蛋皮啦、干瓢啦、黄瓜啦、星鳗啦)铺在寿司饭上,再一点一点卷起来的过程大概更适合坐在柜台前静静观赏,那里面有一种平静踏实而又愉悦的感觉。

如果像村上春树一样,想到做好的太卷是准备带去神宫球场的外野席,要和女孩子一起,吹着夏夜晚风,边喝生啤边分吃的话,那种快乐的程度俨然要超越"微小"这个程度了。

神宫球场是养乐多燕子队的主场,位置距离青山不远,球场外面就是神宫外苑的慢跑道。村上春树年轻时在那附近住了很长一段时间。

我是养乐多燕子棒球队的球迷,常去神宫球场。球场相当不错,和后乐园的不一样,四周绿树成荫,感觉上得以远离鸡飞狗跳的日常生活，慢慢悠悠看一场棒球赛。

那年我住在离神宫球场走路五分钟远的地方，天天都去看球。每当日落天黑灯火通明鼓声阵阵传来，我就再也按捺不住，扔下工作跑去神宫。②

到神宫球场身临其境地看一场比赛就会明白，那里确实存在着一种独特的氛围。连我这种对棒球一窍不通的人也能看得津津有味，可以完全投入棒球比赛热闹而令人激动的气氛之中。看比赛之前我还在想着：九局好像是要打很久的样子，如果很无聊是不是要提前退场啊……结果坐在外野席上吹着风，喝着球场里啤酒妹售卖的新鲜生啤，任由思绪随着小小的棒球在飘浮着朵朵白云的蓝天底下飞来飞去，不知不觉之间，一个下午就这样流走了。

真是非常难得的能让人暂时忘记一切烦恼的时光。

可惜，当成为烦恼越来越多的中年人之后，在棒球场消磨一个下午这种事愈发显得奢侈了。大家陷在鸡飞狗跳的日常里，有时间去看棒球赛的人恐怕会越来越少。

那阵子周围还有轻易陪我看热闹的独身女子："棒球？噢，好啊，这就去看吧！"而最近这种事也消失了。都结婚生孩子了，根本谈不上看什么棒球了。我在外国生活的那段时间里,"养乐多"的选手几乎全都更新换代了。无论各人情况如何,人生总要自行流向前去。给我做粗卷寿司的年轻师傅很早以前就另起炉灶,远走高飞了。不觉之间,那家寿司店也不再去了。③

与其说村上春树是怀念棒球场和在棒球场吃的太卷寿司,还不如说是怀念和神宫球场联系在一起的青春岁月。可惜那样的时光已经和青山附近那家寿司店做太卷的年轻师傅一样,跑到不知道是哪里的远方去了。

如果我有机会再去神宫球场看比赛,一定要去买有太卷寿司的便当带进去。

说起来有趣的是,或许是为了配合棒球这项运动的热血程度,神宫球场里售卖的食物都是与男性荷尔蒙相匹配的,像是牛排三明治、香肠拼盘、炸鱼薯条这一类。所以,如果好不容易有女孩子答应和你一起去看棒球比赛,事先准备好漂亮的太卷寿司便当一定会帮你加分不少哟!

---

①②③ 村上春树:《粗卷寿司和棒球场》,载《村上广播》,林少华译,上海译文出版社。

旅途中在集市上买到的粗卷寿司便当

没有去棒球场,而是带去海边吹着海风吃掉了,也可以说是旅行中的小确幸之一。

在神宫外苑球场看棒球比赛

养乐多燕子队赢得了比赛,可惜没有粗卷寿司,我也没能像村上春树一样在神宫球场成为小说家。

人人都爱散寿司饭

"具有超越某种模式和道德的神奇魅力"的江户式散寿司饭PK带有村上春树温柔童年回忆的关西式散寿司饭。

据村上春树自己说，他虽然生于关西长于关西，但是一到东京，便很快讲得一口标准的关东话，旁人只听口音的话完全不知道他是关西人。

口音或许可以改变，口味倒是骗不了人。

比如散寿司饭。"已经在东京生活三十多年了，如今也已经习惯江户式散寿司饭了，喜欢当午饭来吃。可到底还是关西风味好吃。"村上春树如是说。

日本人在饮食口味这件事上，关东和关西之争就没有停过。比如烤鳗鱼，关东地区的师傅一般从鱼肚下刀剖开，先蒸一遍去除多余的油脂之后再拿去烤。关西地区由于武家传统盛行，万万不可能如同武士切腹般划开鳗鱼的肚子，因此都是从鱼背下刀。而且关西人觉得直接放在火上烤出来的鳗鱼更有男子汉式的直白和豪爽的意味，所以看不上关东地区的鳗鱼做法。又比如关东煮（这当然是关西人的叫法，关东人叫御田杂煮），关东地区的汤底里要加砂糖和浓口酱油，颜色比较深，入味也更浓郁。传到关西之后，关西人一贯看不上关东人什么都要加酱油的做法，自然也将其改良为只用清淡的调料调味。当然其他地区也各有不同的做法，只不过话语权一直掌握在东京和大阪（以及京都）人的手里，关东和关西之争显得最为突出罢了。

说到散寿司饭，作为外国人更为熟悉的应该是关东的所谓江户式散寿司饭,也就是海鲜丼。各色鱼贝类海鲜切块放在寿司饭上,满满一碗端上来,瞬间能感受到澎湃的海洋气息,非常讨人喜欢。吃的时候将芥末和酱油淋在饭上,连同各种鱼肉一起放进嘴巴里,口感丰沛,味道鲜甜。由于对鱼肉的要求没有寿司那么高,所以散寿司饭相对来说价格低廉,很适合作为午餐。我也非常喜欢这种江户式散寿司饭,只要看到店家写在菜单上就一定会点来吃,还曾经专门跑到筑地市场外面去吃。寿司饭被放在一只小小的木桶里,上面覆盖着满满一层切成小块的鲑鱼、金枪鱼、章鱼、鱿鱼、鲷鱼、扇贝、鲑鱼卵,中间还点缀着黄金一般的海胆,简直耀眼得如同打开了宝石箱一般。当时那种震惊和愉悦的双重刺激我至今都还印象深刻。

不过说实话,美食的魅力很难用语言让别人明白。关于这一点村上先生就写得非常高明,他讲了一个关于江户式散寿司饭的故事:

演员志村乔独自吃散寿司饭时要把饭上面的鱼类全部移到小碟子里,和饭分开来吃。这当然不是散寿司饭的地道吃法,而且要把切碎的鱼肉一点点挑出来也确实很麻烦。而他为什么非要这样呢?因为志村乔受到武士家庭的严格管教,从小就被教导"不可以把东西放在饭上面吃,有失体统!"可是,即使如此大费周章,他还是想吃散寿司饭。

散寿司饭这食物，就是具有超越某种模式和道德的神奇魅力。①

这大概算是一个关西人给江户式散寿司饭的最高评价了。

话说回来，在村上春树心里，那依然比不上关西风味的散寿司饭。

关西散寿司饭又叫五目散寿司饭，与江户式散寿司饭最大的区别在于配料不是铺在饭上，而是切成细丝拌入饭中。配料也并非以海鲜为主，而是更注重色彩搭配的鸡蛋、胡萝卜、香菇、甜豆、藕片，也可以放虾和鲷鱼，最后再撒上海苔。

两种散寿司饭的区别已经不仅仅是鳗鱼饭或是关东煮那样的做法和口味上的差异了，可以说已经是完全不同形态的两种东西了。难怪村上春树在东京点散寿司饭会大吃一惊。如果我要去关西的餐馆里点散寿司饭，脑海里浮现出来的肯定是筑地市场那种盖满鱼肉的宝石箱一般的寿司饭，结果端上来的是五颜六色的五目散寿司饭，势必也会感到颠覆性的冲击。

我也很想尝尝关西的五目散寿司饭。毕竟据村上春树说，那是带有"一种无可言喻的愉悦"的散寿司饭。

这里的散寿司饭拌的海苔甚是赏心悦目，白饭几乎变得黑漆漆的，轻轻拨开上面星星点点撒着的种种样样搅拌好的配料（小鲷鱼啦，豌豆啦，香菇啦，等等），这黑漆漆的海苔饭简直像刚过幼年期而趋于成熟的深层意识一样"锵"一声闪露出来——一种无可言喻的愉悦，是的。②

或许有人会觉得，怎么可能用什么深层意识来形容散寿司饭，这不过是作家的夸大其词罢了。

事实上，大多数人对于食物的爱好永远与童年时的记忆有着密不可分的关系。村上春树对散寿司饭的描写里，最打动我的也恰恰是关于散寿司饭的童年回忆。

前几天看见母亲把煮好的寿司饭放进小木桶里摊开后用电风扇吹凉，感觉真是开心。白蒙蒙的热气犹如可歌可泣的无名魂灵冉冉腾起，轻柔的醋味儿微微漾满厨房。③

不知道为什么，这段描写似乎能让人身临其境一般，我仿佛能看到厨房的光线柔和地洒在切得细细的蛋皮丝上，金黄色的光亮笼罩在散发着淡淡醋味的米饭上，母亲的脸也在白蒙蒙的热气里显得温和而令人怀念。

在小说《舞！舞！舞！》中，在夏威夷度假的"我"为了哄"雪"

开心，也曾经利用虾和甜豆做了简易的什锦散寿司饭。"雪"虽然在夏威夷见到了母亲"雨"，不过"雨"对她却漠不关心，甚至想要抛弃母亲的身份和"雪"交朋友。对于这样的母亲，"我"感到无法理解，却又无法说服"雨"。

于是"我"只好复制了散寿司饭，带着心底深处的温柔，复制了村上春树本人关于散寿司饭的童年回忆。

---

①②③　村上春树：《人为什么爱寿司》，载《村上广播》，林少华译，上海译文出版社。

筑地市场的江户式散寿司饭

鲑鱼、金枪鱼、甜虾、扇贝、海胆和鲑鱼子组成的闪闪亮亮的海鲜宝石箱。

京都的关西式散寿司饭便当

加入煮熟的海鳗和虾,是与江户式生鱼寿司饭完全不同的类型。用醋腌过的藕片和醋饭搭配出清爽的味道。

走进回转寿司店

小说家笔下的回转寿司店既"令人心惊肉跳"又"埋伏"着许许多多各种各样的陷阱"。

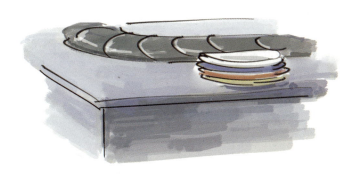

在日本料理还远没有像现在这样在中国普及的年代，我印象里最早接触到的日本料理就是回转寿司店里的寿司了。

不光寿司是新鲜事物，把寿司放在传送带上旋转这件事本身就很吸引人了。各色各样的寿司装在不同颜色的盘子里（用以区分价格），以适中的速度从你面前经过，你有两三秒钟的时间来决定是否要吃，并且在它离你远去之前将盘子从传送带上拿下来。当然如果错过了也没有关系，它很快又会被传送带送到你面前。当然有时候它在到达之前会被前面的客人拿走，你瞬间还会有种微妙的失落感。总之就像是在吃饭的同时进行着某种游戏似的。

村上春树曾经仔细阐述过这一过程的刺激性：

静等寿司碟转来，继而不失时机地在眼前拿起，这项作业做起来也意外地令人紧张。当然不是什么大不了的速度，不至于让它溜之乎也。但是你不晓得世间会发生什么。不小心错过机会，到下一次相遇至少要等一分钟——光是这么一想都淌出一身冷汗……这么说固然言过其实，但到底心惊肉跳。①

由于这种形式上的新鲜感，寿司的味道到底如何，我已经完全记不起来了。

不过回转寿司店的卖点原本就不在于味道如何。因为放在传送带上一段时间之后才会送到食客面前，鱼肉和米饭会慢慢变干。对于讲究吃寿司的人来说，这是难以接受的。日本最著名的寿司师傅小野二郎曾经在纪录片《寿司之神》里讲过，刚捏出来的寿司的温度是最适合的，此时立刻放入口中，才能体会到寿司最佳的口感和味道。

日本绘本作家高木直子曾经画过自己第一次去吃回转寿司的经历。她的家乡三重县在1987年开了第一家回转寿司店，还在上小学的她求父亲带她去吃。可是被父亲严厉地拒绝了："那种东西只是追求一时的流行，那样做出来的寿司肯定不会好吃！"

高木直子的父亲大概没有想到，随着二十世纪九十年代泡沫经济的破灭，平价的回转寿司店反而越来越受欢迎，开了许多连锁店。如今，去回转寿司店吃饭对于高木一家来说，也已经是非常普通的事情了。

现在去日本旅行的话，回转寿司店对于游客来说也是非常友好的选择。因为不用开口点餐，也不用看复杂的菜单，只要坐在台前，新鲜的寿司就会自动送上来，看卖相和心情决定想要吃哪一种就好了。

这点不光受到游客欢迎，对于日本人来说也是如此。有人喜欢坐在寿司店里一边吃一边和寿司师傅聊天，也有人喜欢一言不发地从传送带上拿取自己想要的食物。村上春树先生就是不喜欢吃饭时同别人讲话的人中的一个。

由于少有机会，实际进店一年也就几次，不过旋转寿司这东西我个人并不讨厌，或者不如说相当喜欢。这首先是因为进食时可以不同任何人说话，这个再好不过。我这人本来就不怎么饶舌，吃饭时这种倾向更严重。其次不用一一等菜单和饭菜上来，这点也够开心的。往台前默默一坐，眼前就有盛着寿司的小碟转来，想吃哪个拿哪个，没有清规戒律，没有惩罚条例。②

也许你会说，吃寿司哪还有什么清规戒律？寿司之神小野二郎开的米其林三星寿司店就有。需要提前很久订位不说，到预约时间必须准时出现，就连吃的时候也不能说话和拍照，必须要跟着小野师傅的节奏一个接一个地吃下他刚刚做好的寿司。据说如果客人吃得稍微慢了一点，当下一贯寿司做好的时候不能马上吃掉的话，小野师傅就会马上投来不满的目光，因为你已经错过了最佳品尝时间，是对上等食材和匠人手工的一种浪费。

吃饭吃到这个程度也真是够累的。因此回转寿司自有其存在的理由，毕竟能以轻松的心情品尝寿司也是很重要的。

不过在回转寿司店也会遇到需要开口点单的情况。有时候厨师会拿出一些限量的当日鲜鱼，根据在场客人的需求现点现做，做好之后不放在传送带上,直接送到客人面前。要想吃到美味,就必须厚着脸皮大喊出自己想要的种类。

这对不少人来说,都算得上是个挑战,毕竟来回转寿司店就是想要默默地吃顿饭。然而看着一碟碟新鲜的寿司送到别人面前,传送带上的寿司就显得干巴巴而索然无味起来。但是一想到要开口,又担心日语不好被寿司师傅笑话,或是出现比手画脚却仍然鸡同鸭讲的尴尬场面,就放弃了,这样思来想去,直到走出回转寿司店,都还在后悔刚才没有勇气喊出"我要一份金枪鱼大腩"。而且会一直思考着:明明将寿司放在传送带上这一发明的初衷就是为了能让客人轻松而缄默地吃上寿司,为何最后会变成令人无比纠结甚至到影响食物消化的地步呢?

对于这种情景,村上春树早就已经总结过了:

我想,世界委实有许许多多各种各样的陷阱埋伏在意想不到的地方悄然等着我们。③

回转寿司店就是其中之一吧。

---

①②③ 村上春树:《大白天黑乎乎的旋转寿司店》,载《村上朝日堂是如何锻造的》,林少华译,上海译文出版社。

对游客来说十分友好的回转寿司店

只要从回转带上一言不发地拿来自己想要吃的寿司就好了。

札幌的人气回转寿司店

使用北海道新鲜鱼生制作的超大分量寿司一盘只要 200 日元。

寿喜烧

"肉、大葱、魔芋丝、煎豆腐、茼蒿,一股脑放进去煮,咕嘟咕嘟……"一边想着寿喜烧一边写下《挪威的森林》。

村上春树喜欢寿喜烧。"小时候一听说吃寿喜烧，就欢喜得不得了。"在《村上广播》一书中，有着村上春树关于寿喜烧的回忆。

我最早读到的版本里这一篇文章的名字翻译成《喜欢鸡素烧》。我第一次看到"鸡素烧"这个名字有点莫名其妙，后来发现译注里写明是日式火锅，而且村上说他喜欢吃里面的魔芋丝、烤豆腐和大葱，这才恍然大悟：就是寿喜烧（Sukiyaki）嘛！

不晓得这种翻译上的变化是如何而来的。也有一种说法是最早日本人不吃牛肉，火锅里一般用的都是鸡肉，因此以前叫作鸡素烧。现在的寿喜烧主要是以牛肉为原料，鸡素烧这个名字也渐渐不为人知。不过如今日本的牛肉依然价格昂贵，寿喜烧也价格不菲。《樱桃小丸子》也曾经讲述过小丸子家偶尔吃一次寿喜烧，大家都欢天喜地，简直跟过节一样开心。这和村上春树的记忆如出一辙，大概算是日本人小时候共同的回忆吧。只不过小丸子家为了省钱，吃的是一半猪肉一半牛肉的寿喜烧，人人都得集中精力抢那几片薄薄的牛肉。

和中国的火锅不同，寿喜烧是先把牛肉在烧得滚烫的铁盘上煎烤，然后再加入汤汁和其他配菜。汤汁一般是加入糖、日式酱油和味淋的高汤，因此口味偏甜。特别是关西风味的寿喜烧，煎牛肉时就洒上大量的砂糖。身为神户人的村上春树小时候所吃的，想必就是这种关西风味的寿喜烧吧。

大概这种偏甜的味道更受小孩子喜爱，因此"不知什么缘故，过了人生某一节点之后，我周围喜欢鸡素烧的人一个也没有了"。村上太太更是宣称："鸡素烧？五年吃一次就可以了嘛！"毕竟是火锅，不太适合一个人独自吃，因此村上先生结婚后几乎从未吃过像样的寿喜烧。我猜他把对寿喜烧的思念和渴望偷偷写进了小说《挪威的森林》里。

小说结尾的部分，玲子去看望渡边，一五一十地详细说起了直子的死。讲完之后，玲子说她肚子饿了，提议一起吃晚饭。

"好。可有什么喜欢吃的？"

"火锅。"她说，"我有好些年没吃火锅了，做梦都梦见吃火锅。肉、大葱、魔芋丝、煎豆腐、茼蒿，一股脑放进去煮，咕嘟咕嘟……"①

身为火锅爱好者，这段文字已经足以勾起我的食欲了。我几乎能感受到村上春树由于"好些年没吃火锅"而积累起来的对寿喜烧的深厚渴望。这种对于热腾腾的火锅的向往，足以让人燃起继续生活下去的勇气。在讲述完直子冷冰冰孤零零的死之后，火锅正是最适合在此刻给予人精神上和肉体上双重抚慰的食物。

两人去吉祥寺的商店街买火锅用的肉、青菜、鸡蛋、豆腐，在院子里吃热气腾腾的火锅，喂猫，看月亮，畅饮葡萄酒……总之要彻底享受生活的乐趣，直到渡边能够确认自己还是要留在生的一侧。

这时间里，饭烧好了。我便往锅里倒上油，升起火锅。
"这，怕不是做梦吧？"玲子一边使劲地吸着香味一边说。
"百分之百现实火锅，照我的经验。"②

虽然直子和木月在死的世界里不断召唤着渡边，裹着浓郁蛋汁的甘美牛肉恐怕更能让人实实在在地感受到现实世界的生之喜悦。

不，甚至只是火锅升起来时香气就足够了。

那一年冬天尚未结束的时候，我去函馆旅行。因为是淡季，游客不多，我头脑发热决定去函馆山上看著名的"百万夜景"。没想到函馆所有的游客都挤在函馆山顶看夜景，在寒风中足足排了将近一个小时才等到下山的缆车。又冷又饿濒临崩溃的我匆匆赶到事先预约的寿喜烧店，点了一壶清酒，好让自己能坚持到吃上火锅的那一刻。

穿着和服的漂亮老板娘偏偏不紧不慢地送上锅子、餐具和生鸡蛋，然后变魔术似的端出两盘有着雪花般纹理的牛肉，以及一盘码放得整整齐齐的蔬菜。她点起火，先用一块牛油在浅浅的平底锅里擦了两遍。等锅子发出嘶嘶的声音时，才将两片巨大的牛肉平铺在锅底，油脂的香气一下子弥漫开来。当牛肉变成微微的粉红色时，再注入混合了酱汁的高汤，依次将葱、豆腐、香菇、魔芋丝整齐地排列在锅子里。盖上锅盖咕嘟咕嘟地煮一会，再掀起锅盖时，混合了肉香、葱香、高汤香气的味道几乎将饥肠辘辘的我击倒。我几乎是狼吞虎咽地吃下第一片牛肉，那浓郁的牛肉香和丰润滑嫩的口感真是令人感动。不愧是昂贵的高级和牛啊！我不禁这样想着。虽然牛肉的分量有点令人遗憾，好在吸饱了汤汁的烤豆腐和魔芋丝也出乎意料地好吃。在火锅持续释放的热腾腾的香气里，我全然忘记了令人沮丧的"百万夜景"。真是有魔力的寿喜烧！

这样的寿喜烧，我恐怕自己一个人也是忍不住要去吃的。当然，要是能和只吃大葱、魔芋和烤豆腐的村上春树一起，大快朵颐一回昂贵的牛肉就更好了。

村上春树还在文章中提到了这样一件事：日本著名歌手坂本九的一首歌《昂首前行》在美国以 *Sukiyaki* 为标题发行，结果连续三周位居 Billboard 排行榜榜首，销量惊人。上网搜索一下，这首歌竟然还是唯一一首拿到 Billboard 排行榜榜首的外语歌，令人肃然起敬。歌曲带有典型的日本昭和年代风格（毕竟是 1963 年的作品），歌词感伤但励志，的确是能让人听了"胸口不由得一阵发热"的好歌。

据说之所以从《昂首前行》变成了《寿喜烧》，是因为英国一支爵士乐队录制这首歌曲的时候记不住原歌名的日文发音，有人提议干脆叫 Sukiyaki 这个朗朗上口的名字好了。虽然只是随口起的名字，但我认为和原来的歌曲倒是有着某种内在的联系。日文歌词里不是这样写的吗：

努力向上吧！
希望不要流出泪水。
一边哭泣一边走着，一个人孤独的夜晚。
让我想起秋天的日子，一个人孤独的夜晚。

孤独的秋夜里，一个人独自徘徊着，必须要抬着头才能努力不让泪水流出来。这样伤感的夜晚，能让人鼓起勇气继续前行的，不正是不断冒着热腾腾牛肉香气的寿喜烧吗？

---

①② 村上春树：《挪威的森林》，林少华译，上海译文出版社。

函馆山下的老字号寿喜烧店。大片雪花牛肉铺在热腾腾的铁盘上慢慢散发出香气。

和炸肉饼的蜜月

养了一只叫『炸肉饼』的猫,梦见被炸肉饼军团拳打脚踢,但还是表示什么美食也比不上坐在公园长椅上吃热腾腾的炸肉饼……村上春树和炸肉饼之间深深的羁绊。

村上太太不喜欢的食物，除了寿喜烧，还有炸肉饼。

我家太太不喜欢做用油的食品。记忆中，结婚以来她从未做过炸肉饼和天妇罗什么的。因此，如果想在家里吃炸肉饼，只好去哪里买回来或者我自己动手。①

话说炸肉饼这样的东西，最好吃的时刻就是刚刚炸出来的那有限的几分钟。如果去外面买，最好在炸出来的时候就当场吃掉。如果想要在家里吃，就非得自己动手不可。

好在日本的超市里很容易买到冷冻的炸肉饼或是可乐饼，只要买回去用油炸一下，就可以作为餐桌上一道非常受欢迎的料理了，实在是日本家庭主妇的好帮手。炸肉饼最早是作为西式料理的代表之一在日本流行起来的。原型是法国的炸肉饼 Croquette，据说最早见于法王路易十四的主厨写的一本菜谱。当初的版本里加入了奶油奶酪和松露，是可以用于皇家筵席的高级料理，不知道为什么后来变成了用来处理多余绞肉的平民料理而流传开来。目前在世界各国的餐馆都有类似 Croquette 的食物，而且并非全部是用绞肉做成的炸肉饼，有在绞肉中添加土豆泥的，也有完全以土豆泥为主料的更为简朴的版本。这种以土豆泥为主的版本在日本就被按照 Croquette 的法语发音称为 Koroke，翻译过来就成了"可乐饼"。相对于以绞肉为主的炸肉饼，可乐饼价格更便宜，也更受小孩子欢迎。

可以想象，炸肉饼这种高热量高脂肪的油炸食品，在长期以米饭、蔬菜和鱼类为主要饮食种类的日本，立刻会像天妇罗或是炸猪排这些西式料理一样受到热爱并流行起来。毕竟倾向于这一类食物是人类的本能。就算是村上春树这样饮食口味清淡的人，也难免会有忽然想吃炸肉饼的时候。而且和鳗鱼饭类似，或许平时不会经常想吃，但是一旦想吃的念头冒出来，就会千方百计地为自己找个一定要吃到的理由。村上春树的理由是这样的：

以前我养了一只名叫"炸肉饼"的炸肉饼颜色的大公猫。理所当然，每次看见这只猫我就想吃炸肉饼，伤透脑筋。②

有了如此理所当然的理由，就算每天吃炸肉饼都变得顺理成章了。

因此村上春树干脆自己做了许多冷冻炸肉饼胚放在冰箱里（索性集中做足够半年吃的），想吃的时候，就拿出来几个解冻油炸。"如此这般，在相当长的时间里，我得以同炸肉饼保持无比纯真而充实的友好关系。"

可惜这段和炸肉饼的蜜月期终结于一次冰箱事故。大量炸肉

PART 2　开往日本料理的慢船

饼在一时间无法修理好的冰箱里慢慢变成"死去的奥菲利亚",只好尽全力炸来吃掉。在连续大量吃了两天之后,只怕无论是多美味的炸肉饼也吃不下去了。"甚至梦见被穷凶极恶的炸肉饼军团包围起来拳打脚踢。"

真是令人伤感的故事。美味的炸肉饼竟然变成挥之不去的噩梦。

这让我想到了阅读村上春树短篇《眠》的体验。女主人公忽然莫名其妙地得了失眠症,不需要睡觉也可以保持精力充沛,因此得到了被拓展了三分之一的人生。每天晚上其他人睡觉的时候,她可以随心所欲地抛开所有日常性的生活,一个人静静地喝白兰地、吃巧克力、读《安娜·卡列尼娜》,在所谓"倾向性的消耗"之外,保有属于自我的精神。

那听上去实在是非常有诱惑力,毕竟我们每个人都在被日常"倾向性"地消耗着。如果"不用睡觉"这种东西能像冻在冰箱里的炸肉饼胚一样该多好,在需要的时候就取出一份,让我们得以在夜里慢慢修复白天被消耗的那部分自我。

可惜那只是一厢情愿罢了。女主人公最终必须像拼命吃下因为冰箱坏掉而解冻的炸肉饼那样,每一天重复使用"不用睡觉"这一超能力。任何事情走到没有退路的地步都有点麻烦。渐渐地,永无尽头的清醒的黑暗让她意识到,那或许就是死亡的另外一种形式。

当然,炸肉饼噩梦与这个故事有着程度上的差异。只要一段时间不吃炸肉饼,随着时间的流逝,人终归可以和炸肉饼重归于好。

虽然不会再在家里做冷冻炸肉饼了,但是村上春树偶尔还是会去商店街肉店买刚刚出锅的炸肉饼。

在日本较大的居住区,车站附近基本都有一条商店街,商店街的店铺提供周围居民的日常所需,当然也包括炸肉饼。

我第一次造访东京吉祥寺的商店街时,就被街上排队买炸肉饼的队伍震惊了。吉祥寺车站附近遍布各种时尚优雅的店铺,然而能让人们甘愿在大街上大排长龙的,只有老字号 SATOU 出售的炸肉饼。

SATOU 是以出售松阪牛肉闻名的肉店,橱窗里摆放着各种做好的肉排、肉饼以及可乐饼胚,看起来都非常诱人。不过大家排队的目的只有一个,就是新鲜出炉的以松阪牛肉绞肉做成的一颗只要两百日元的物美价廉的炸肉饼。

刚出锅的炸肉饼表面非常松脆,轻轻一碰就咔嚓作响。一口咬下去,会有热腾腾的牛肉汁流出来,还带着洋葱的清甜。确实是好吃到能让人顾不得形象,当场在街上舔起手指来的炸肉饼。

如果不想在街上舔手指,也可以像村上先生一样,在旁边的面包店买刚出炉的面包,把炸肉饼夹在里面,去附近吉祥寺公园的长椅上大快朵颐。

世上有许多美食店，但就快乐来说，哪里也比不上在晴朗得令人心旷神怡的秋日午后坐在公园长椅上无忧无虑地大吃特吃热气腾腾的炸肉饼面包那一时刻。③

这么一说，你不想吃炸肉饼吗？反正我每次看到村上春树这样描写炸肉饼，脑海里就不由自主地浮现出刚出锅的炸肉饼落在纸袋里的"咔嚓"声。

---

①②③ 村上春树：《和炸肉饼的蜜月》，载《村上广播》，林少华译，上海译文出版社。

吉祥寺的炸肉饼名店 SATOU

很多人排队等着吃刚出锅的热腾腾的牛肉炸肉饼。

冷掉的炸肉饼（或可乐饼）也可以搭配乌冬面，浸在热腾腾的乌冬面汤里可以令其焕发新生。

一人份的炸牡蛎

《世界尽头与冷酷仙境》里关于独角兽的故事,从熏牡蛎和威士忌开始,以生牡蛎和葡萄酒结束。所谓小说家就是「能无比详尽地描述全世界的炸牡蛎的人」。

因为村上太太不喜欢油炸食品，村上春树只好吃一人份的炸牡蛎。

炸肉饼还可以一次做很多冷冻起来，炸牡蛎就只好现炸现吃。"趁着太太跟朋友一起外出吃中华料理的良机，我果断实施这样的计划，白天就井井有条地把材料准备妥当。"

想要自己吃一次炸牡蛎，还真是不容易啊。

说来也奇怪，在日本这样一个以生食著称的国家，牡蛎倒是很少生吃。最常见的吃法是定食店里的炸牡蛎，或是居酒屋里的牡蛎锅和烤牡蛎。在美国生蚝吧里非常流行的熊本牡蛎，虽然原产地是日本南部，但是我在熊本竟然一次也没看到过。

日本自江户时代大规模养殖牡蛎以来，主要的食用方法都是熟食，直到开放对外贸易之后，在西方文化的影响之下，生吃牡蛎才渐渐流行起来。

在小说《世界尽头与冷酷仙境》里，"我"和患有胃扩张的女孩一起在意大利餐厅点了生牡蛎作为冷盘，配葡萄酒。女孩一边用叉子剥壳里的牡蛎，一边问起关于世界尽头里独角兽的事。

将牡蛎当场撬开壳立刻生吞的吃法，有种视觉上和心理上的巨大冲击力。新鲜而冷冽的牡蛎躺在壳里，带着某种原始而野性的诱惑力，让人想起我们自己也是从亿万年前的海洋深处诞生的生命。

牡蛎像刚从海底捞出来一般缩成一团，带有其赖以生息的大海的气息。①

吃着这样的生牡蛎的时刻，难道不是刚好非常适合讲述藏在"我"意识底部的小镇上的独角兽吗？

有趣的是，小说中"我"第一次发现自己得到的头骨是独角兽头骨时，吃的也是牡蛎。

无奈，我只好从电冰箱里拿出冰块，兑在乌鸦波本（Old Crow）威士忌里喝着。天已暮色沉沉，喝酒似也未尝不可。接着，又吃了盒芦笋罐头。我最喜欢白色芦笋，很快一扫而光。又把熏牡蛎夹在面包里吃了。最后喝了第二杯威士忌。

我决定姑且把这头骨的昔日持有者视为独角兽。否则事情很难进展。

我得到了独角兽头骨。②

关于独角兽的故事，从熏牡蛎和威士忌开始，以生牡蛎和葡萄酒结束。牡蛎与独角兽的意象竟然意外地合拍。

世界尽头的秋日傍晚，看门人的号角弥漫小镇，独角兽们以一模一样的姿势朝太古的记忆仰起脖颈。"刹那间一切都静止不动。

动的唯有晚风中拂卷的金色兽毛。"想象着书中所描写的那样一个时刻，就像是柔软的牡蛎带着海水的气息滑下喉咙的美妙一刻，仿佛能够唤起记忆深处被凝固的瞬间。

这种写作手法被村上春树称为"炸牡蛎理论"。

曾经有人写信问村上春树，作家是否能在四页纸之内对自己进行描述。村上春树给出了以下的回答：几乎不可能用不足四页纸来描述自己，但是描述炸牡蛎是可能的。

那为何不试着描述一番炸牡蛎呢？通过你描述炸牡蛎，你与牡蛎的相互关系或距离感会自然得到体现，这追根溯源也等于描述你自己。

当然不必非得炸牡蛎不可。炸肉饼也行，炸虾丸也可以。丰田卡罗拉汽车也好，青山大街也好，莱昂纳多·迪卡普里奥也好，都没关系。我不过是喜欢炸牡蛎，信手拈来做个例子罢了。③

描述世界尽头这样一个完全虚构的存在是一项困难的工作，为此村上春树还专门绘制了详细的地图。城门的形状，城墙之内哪里是森林，哪里是城镇，镇上的图书馆在什么位置，等等。但那只是构建了世界尽头的外形，那里到底是一个与真实世界截然不同的地方。正是借由作家对于牡蛎的描述，我们才得以获悉了那差异性到底是何种东西。

  我也喜欢牡蛎,如果去日本的时候赶上牡蛎上市的季节,无论在哪里,只要看到牡蛎就想要点来吃。去乌冬面店就点牡蛎乌冬面,去居酒屋就点烤牡蛎,去炸猪排店也忍不住要点炸牡蛎定食(不知道为什么,炸猪排店通常也会有炸牡蛎)。但是我并没有像村上春树一样特别偏爱炸牡蛎,如果非要选一样,我其实最喜欢生牡蛎。

  对我来说,炸牡蛎似乎已经变成与生牡蛎完全不同的两种东西了。裹上了鸡蛋面糊和面包糠的牡蛎,完全看不出本来的模样,变得像是形状细长一些的炸肉饼。吃的时候要配上塔塔酱和切得细细的卷心菜丝,当然还有白饭和味噌汤。也许你会说,这不是变成炸猪排定食了吗?不过当你咬下去的一瞬间,海水的气息会热腾腾地喷薄而出,柔软的牡蛎肉里流出鲜美的汁水。那个时候你依然会忍不住感慨:哎呀呀,不愧是炸牡蛎啊!

  为了更好地解释自己的"炸牡蛎理论",村上春树干脆写了一篇《炸牡蛎的故事》。故事的情节非常简单,不过是"我"在寒冷的冬日黄昏去平常去的餐馆,点了八只一盘的炸牡蛎和札幌啤酒。炸牡蛎是标准的炸牡蛎,配有大堆切得细细的甜丝丝的新鲜卷心菜,刚刚炸好的面衣发出轻微而美妙的吱吱响。

用筷子"啪唧"一声将那面衣夹作两半,就会明白在里面牡蛎依然以牡蛎的形态存在。一目了然,那就是牡蛎,绝非其他。颜色是牡蛎的颜色,形状是牡蛎的形状。它们不久前还待在海底某处,一语不发一动不动,不分昼夜地在坚硬的壳里(大概是)思考牡蛎式的问题。此刻它们却躺在我的盘子里。我为自己姑且不是牡蛎,却是个小说家而欣慰,为自己没有被油炸后摆在卷心菜旁边而欣慰,为自己姑且不相信轮回转生而欣慰。④

这大概就是通过与牡蛎的相互关系所反映出来的"自己"的一部分。以看待炸牡蛎的眼光来说,喜欢生牡蛎的我与喜欢炸牡蛎的村上春树之间"自我"的差异一目了然。要具体描述这种差异大概非常困难,我无法用语言表达出来。但是就描写炸牡蛎的方式来说,那差异的确清清楚楚。

故事到这里并没有完结,毕竟小说家是"能无比详尽地描述全世界的炸牡蛎的人"。

我静静地将炸牡蛎送往唇边。面衣与牡蛎进入我口中。面衣那脆生生的口感与牡蛎那柔嫩嫩的口感,作为共存的质感同时为我所感知。微妙地浑然一体的香味,仿佛祝福般在口中扩散开去。我感到此刻非常幸福。因为我盼望吃炸牡蛎,又如愿以偿吃上了八只,甚至还喝上了啤酒。也许你会说,这种玩意儿不过是有限的幸福罢了。然而,此前我遇到的无限的幸福又是在什么时候?而且,那果真就是无限的吗?⑤

一边吃炸牡蛎一边思考着幸福的问题固然也是"自我"描述的一部分。但是读到这里的我已经全然顾不上思考这个问题了,我只是突然非常想吃炸牡蛎而已。

毫无疑问,这也是"自我"的一部分。

在不知道什么地方的餐馆里,大厨正端出刚出锅的炸牡蛎。而那炸牡蛎在盘子里不发一言,静静等待我用筷子分开酥脆的面衣。

那绝非不可思议的事情。因为炸牡蛎对我来说,是弥足珍贵的个人反映之一。⑥

---

①② 村上春树:《世界尽头与冷酷仙境》,林少华译,上海译文出版社。

③④⑤⑥ 村上春树:《一人份的炸牡蛎》,载《大萝卜与难挑的鳄梨:村上 Radio》,施小炜译,南海出版公司。

旭川的炸牡蛎套餐

搭配大碗猪肉味噌汤和白饭,是曾经真实出现在日剧《孤独的美食家》中的五郎之选。

广岛的炙烤牡蛎,配葱花和萝卜泥

炸牡蛎适合配啤酒,炙烤牡蛎或许更适合威士忌。

生日便当

过生日专程跑去渡边和绿子约会的日本桥高岛屋吃便当却赶上例休日的小说家大概只有村上春树一个人。

便当这种东西最初被发明出来，基本上是出于方便携带的目的。然而日本人偏偏连便当都要做出仪式感来。赏花要带色彩缤纷的花见便当，看歌舞伎中场休息时要吃方便食用的幕之内便当，坐火车旅行当然更要品尝以当地特色食材制成的车站便当。

不过"生日便当"这个词，我倒是只在《村上朝日堂》这本书里见到过。毕竟除了村上春树，恐怕没人会想到要在生日那天特意去吃什么便当吧。

所以今年生日悄悄过算了，在银座买一张唱片（自己买），然后去日本桥高岛屋百货商店的特别餐厅吃个盒饭完事。我想这是符合自己的情况的，于是往日本桥那边走去。不料赶上高岛屋例休日，岂有此理！我是以为走到高岛屋餐厅就能悄悄过上一个像那么回事的生日，才特意赶来日本桥的。①

高岛屋百货商店的便当确实足以堪称豪华，否则不足以与这间精致漂亮的老牌高级百货商店相匹配。

日本桥的高岛屋是1933年（昭和八年）的建筑，内外部空间的装潢至今都还保留着当时的模样。整座建筑乍看是西式的，灰色大理石柱之间镶嵌着的却又是东方传统风格的木制门窗。这种混搭恰到好处地营造出一种旧时代特有的华丽气息，从里面透出的黄色灯光令人觉得仿佛误入了伍迪·艾伦的《午夜巴黎》。

商场内部空间高大宽敞，光线明亮，柜台里展示的无一不是卖相优雅的高档商品。身着制服的电梯小姐不断重复着"欢迎光临""请问您到几层""谢谢惠顾"一类的标准用语，脸上始终保持着职业化的笑容。总之，商家似乎在尽全力为光顾的客人提供一切使其心情愉悦的设备和服务，想必来此过个生日也是不错的选择。售卖便当的地方在商场的地下一层，但并没有因此而受到忽略和冷落，反而一走进去就会立刻被整齐排列的各种色彩缤纷的便当牢牢地抓住视线。

便当所使用的食材都是精心挑选过的：房总半岛产的巴掌大的黑鲍，北海道产的红艳艳的鲑鱼子，大阪产的肥厚的西京渍鳕鱼……足以让人选择困难症发作。菜色的摆放和搭配也非常考究，炸猪排要切得厚厚的，方方正正地排列在一起；虾子的尾巴朝上高高竖起；普通的腌黄瓜配菜也染成漂亮的紫红色。这样一个便当的售价在一千到一千五百日元之间，而普通便利店里的便当一般只要五六百日元。来这里选购便当的顾客，大概也都是怀着"偶尔也让自己和家人吃好一点"的心情的主妇。由此看来，在高岛屋地下餐厅吃便当也可以算是"像那么回事的生日"了。

"像那么回事"指的不正是使生日区别于普通一天的仪式感吗？

在小小的便当里灌注的这种仪式感,甚至使便当成为超越普通日常饮食的存在。

我曾经被火车上的特色便当吸引,专门跑去坐了观光列车。那种名为"折鹤"的便当是北九州米其林一星餐厅"竹本寿司"特制的,只在观光列车"由布院之森"上贩售。食材选用列车沿线地区的特产,便当盒设计成折叠的上下两层,下面一层是饭团,上面一层则巧妙地排列着鳗鱼蛋卷、鲷鱼、虾子、章鱼、茗荷以及时令蔬菜。每种都做成刚好一口吃掉的大小,食材新鲜,调味清淡高雅,与车窗外闪过的郁郁葱葱的风景相得益彰。

怀着吃高级料理的心情进行的火车旅行,绝对可以算得上是"像那么回事"的旅行了。

没能去成高岛屋餐厅过一个"像那么回事"的生日的村上春树则始终深感遗憾,最终在《挪威的森林》里,他让渡边和绿子代替自己完成了这个心愿。

"吃饭去吧,前胸贴后背了。"绿子说。

"去哪儿?"

"日本桥高岛屋商店的餐厅。"②

按绿子的说法,来商店餐厅吃完饭,接着当然要去天台。两人在雨中的天台彼此倾吐心声,令渡边在荒凉的雨中感觉到了来自绿子的温暖。

多亏了村上春树生日那天赶上了高岛屋的例休日!

---

① 村上春树:《生日》,载《村上朝日堂》,林少华译,上海译文出版社。

② 村上春树:《挪威的森林》,林少华译,上海译文出版社。

京都老字号便当店里的便当

相比便利店,这里的便当选择更多,搭配更漂亮,豪华的季节限定款更是令人难以抗拒。

高岛屋飘着细雨的安静天台，很适合少年少女在此倾吐心声。

天妇罗

年轻时在神保町天妇罗食堂打工的小说家,在那里遇到了据说是《挪威的森林》绿子原型的村上太太。

在我心中一直有一个关于天妇罗的未解之谜：为什么既有乌冬面店里一百或是两百日元一个作为配菜的天妇罗，又有可以作为会席料理的一餐两万日元的天妇罗呢？两者的区别到底在哪里呢？

之所以是未解之谜，是因为我一直也没有机会尝试一餐两万日元的高级天妇罗，到底有没有好吃一百倍也不得而知。我所熟悉的，始终还是乌冬面店或荞麦面店里的配菜天妇罗，或是小餐馆里的天妇罗定食，以及将天妇罗放在白饭上浇上酱汁做成的天丼。

由于钱包不够鼓，我所留意的也都是以提供高性价比的美味天妇罗著称的餐馆。比如东京日本桥著名的只卖天丼的金子半之助，以及神保町为附近学生们提供平价天妇罗定食的食堂天妇罗いもや。后者是村上春树学生时期打工的地方，他在此结识了他的太太阳子。

许多年过去了，这家店依然开在神保町古书街附近。我路过的时候，尚未到午餐的营业时间，店里只有上了年纪的老板和一位年轻的学生模样的打工者。店面不大，木窗和木门看起来也有些年头了，里面只有围绕着操作台的一圈座位。不过店里收拾得窗明几净，年轻学生手脚麻利地做着开店前的准备。老板则走出来，在窗户底下的竹竿上挂起写着店名的三块白布，并且仔细地确认布帘有没有挂歪。透过布帘能看到窗户上贴着两张白纸，写着店里的招牌菜单：天妇罗定食七百日元，炸虾定食九百日元。对同样钱包并不鼓的学生来说，能够以不到一千日元的价格吃到炸虾天妇罗，可以说是一件很幸福的事情了。难怪这家店开了许多年还长盛不衰。

说到天妇罗就一定会想到炸虾。在去日本之前，我一直以为天妇罗都是以炸虾为主角，搭配一些红薯和青椒之类的蔬菜。后来才知道，其实在日本料理中，几乎任何食材都可以裹上面衣做成天妇罗。乌冬面店自取的天妇罗配菜里就常常有鱿鱼、鸡肉或是玉子，荞麦面店里则多了用来下酒的舞茸和樱花虾。镰仓夏天的名物沙丁鱼除了拌饭，也常常拿来做成沙丁鱼天妇罗，不用蘸汁而是配上一点点椒盐，十分香脆可口。不过炸虾始终是天妇罗店里最常见到的主角。走进天丼店里，首先想到的就是炸虾天丼。同样地，如果走进荞麦面店里想要吃天妇罗荞麦面的话，端上来的一般也是炸虾荞麦面。

炸虾是荞麦面的好搭档。东京的荞麦面汤头一般只用加了酱油的柴鱼昆布高汤，炸虾天妇罗中的油脂可以使原本淡薄的汤头变得丰厚诱人起来。小说《舞！舞！舞！》中，"我"想要追寻喜喜的下落，却又苦于毫无头绪，只好在原宿街头漫无目的地闲逛，到傍晚时分，便走进天妇罗餐馆"鹤冈"吃炸虾面、喝啤酒。

据说这间位于原宿的餐馆"鹤冈"也是开张多年的天妇罗专卖店，店面很小，只有十三个座位。里面经常挤满了年轻人，去那里要做好排队的心理准备。虽然没有去过，不过从受到年轻人欢迎这一点来看，感觉上同样应该是性价比很高的天妇罗店，是可以在逛街逛累了的时候就走进去喝一杯啤酒的地方。

不知道为什么，天妇罗给我的印象始终就是这样。对于学生一族来说，它是想要花不太多的价钱吃点丰盛又有满足感的食物时候的选择。对于成年人来说，则是让午餐简单的荞麦面或乌冬面变得丰盛，又或是喝啤酒的时候可以轻松搭配的下酒小菜。无论怎么说，都难以与需要正襟危坐的会席料理联系在一起，反而是充满了家庭料理般的温暖感觉。

《樱桃小丸子》里妈妈偶尔也会为全家的晚餐亲自做炸虾天妇罗，小丸子每次都高兴得欢天喜地，和姐姐一起争夺最后一只炸虾的喜剧也一定会上演。是枝裕和的家庭电影《步履不停》中，树木希林饰演的母亲所做的则是独特的玉米天妇罗。相比一般主妇常做的炸虾天妇罗，玉米天妇罗的做法要麻烦得多，需要将玉米粒剥下来，再用面衣包裹起来，炸的过程中还要注意不要散开。据说导演将自己关于母亲拿手料理的真实回忆放在了电影之中。

《挪威的森林》中，绿子也曾经做过炸虾天妇罗。彼时绿子的父亲已经去世，她和姐姐卖掉了父亲在大塚的书店，搬去了位于茗荷谷的公寓。渡边也搬去了吉祥寺的公寓，在那里苦苦等待直子的回信，也因此险些失去了绿子。不过好在两个人在雨中的高岛屋天台进行了温馨的告白，确定了彼此的心意。然后两个人搭电车回到绿子的公寓，绿子为渡边做了简单的晚饭。

傍晚时分，绿子去附近买东西，做了晚饭。我们坐在厨房餐桌旁，喝啤酒吃炸虾，最后是吃青豆饭。①

那是相当平凡却又温馨的画面，好像没有什么特别但又能让人感觉到幸福的确定性。

于是在离开绿子的公寓之后，渡边决定写信给玲子，向她坦白自己对于绿子的感情。

我爱过直子，如今仍同样爱她。但我同绿子之间存在的东西带有某种决定性，在她面前我感到一种难以抗拒的力量，并且恍惚觉得自己势必随波逐流，被迅速冲往遥远的前方。在直子身上，我感到的是娴静典雅而澄澈莹洁的爱，而绿子那方面则截然相反——那是站立着的，在行走在呼吸在跳动，在摇撼我的身心。②

在我看来，那强烈撼动着渡边的心，让人无法抗拒的决定性的东西，正是与绿子一起生活所带来的实实在在的感觉。在凄凉的雨中被拥抱着的温热的身体，以及坐在一起喝着啤酒吃着爽脆天妇罗炸虾的平静傍晚，是如此真实而美好的存在。相较于直子和木月所在的冷冰冰的死的世界，二十岁的渡边又如何能够克制自己不被朝气蓬勃的绿子所吸引呢？

我虽然不记得自己二十岁时体验过类似的强烈感情，但是第一次在东京吃到金子半之助天丼的记忆，还如此鲜活地留在我的脑海里面。现在回想起来，仿佛如渡边所感受到的那样，就像要站起来走动和呼吸一样。

那是初到东京的下午，已经饥肠辘辘的我在金子半之助的门口等了十几分钟，好不容易被领到店里，走上狭窄的楼梯，在二楼的座位坐下，马上点了一碗招牌的海鲜天丼。在那之后我才注意到，坐在我对面两个女生的面前放着刚刚端上来的尺寸超大的饭碗。对我来说，基本上是两个人吃一碗就够了的分量。不过等我的那份天丼端上来之后，我便已经顾不上那么多了。碗里摆着刚刚出锅的金黄色超大炸虾、星鳗和鱿鱼，正冒着热气，上面淋着深褐色酱汁的薄薄面衣仿佛在微微鼓动着，将诱人的香气送到我的面前。一口咬下去，海鲜非常鲜嫩又不油腻。再往下挖，竟然还有一颗里面还是流心状态的炸玉子。戳破玉子的表面，金色的蛋黄流下来,配合着天妇罗的酱汁一起拌在白饭上,实在是令人完全无法抗拒的味道。那碗天丼的香气和味道如此强烈地动摇着我的意志,我将所有关于热量爆表的念头抛诸脑后,将满满一碗白饭配着天妇罗全部吃下去了。

就算不是在两万日元一餐的会席料理上,只是在一碗不到一千日元的天丼里,天妇罗也能散发出如此诱人的吸引力。

天妇罗里面或许就是有着这样一种决定性的东西。

---

①② 村上春树:《挪威的森林》,林少华译,上海译文出版社。

加入炸虾天妇罗的炸虾荞麦面

清淡的荞麦面一下子变得丰盛起来。

天妇罗名店金子半之助的天妇罗丼

除了常见的炸虾之外,还额外添加了鱿鱼和星鳗,底下埋着令人感动的温泉蛋。

夜晚的关东煮

白天在维也纳喝朗姆咖啡,晚上在东京吃关东煮,是村上春树的白日梦之一。

冬天里最好吃的都是热乎乎的东西，这大概是世界通用的法则。中国人和日本人喜欢火锅，德国人和奥地利人喜欢朗姆咖啡，村上春树则两者都喜欢。

白天在维也纳喝朗姆咖啡，晚上在东京吃关东煮，是村上春树的白日梦之一。

虽然没有在寒冷的维也纳喝过热乎乎的朗姆咖啡，但是用关东煮来做类比，就很容易明白朗姆咖啡的美味程度。就是那种只要试想一下冷冰冰干巴巴的冬天，就立刻会浮现在脑海里的东西。

关东煮在日文里写作おでん，写成汉字的话是"御田"。早先人们将豆腐或魔芋涂上味噌酱之后用火烤，称为田乐。后来慢慢发展成在昆布高汤中加入味噌和酱油，再把食材放进去炖煮的料理，名字也变成了御田。食材的种类也渐渐丰富起来，除了豆腐和魔芋、萝卜、鸡蛋、竹轮、牛筋等都可以放进去煮。一般店家会事先煮好一些放在大汤锅里持续用小火慢慢加热，等里面的东西卖得差不多的时候，再将新的食材补充进去。形式上和火锅有点类似，又比牛肉寿喜锅之类来得简单便宜，想要立刻暖暖身体的时候也可以很快吃到。从这种意义上说，关东煮就相当于日本的朗姆咖啡。

日本 NHK 电视台有一档长盛不衰的纪录片《纪实 72 小时》，选取各色各样的地点连续拍摄 72 小时，其中一集的拍摄地就是东京赤羽一间关东煮店。这间关东煮店（或者说摊位更恰当）人气非常旺，虽然只能在寒风中站着吃，但是路过的人们还是络绎不绝地被"咕嘟咕嘟"冒着热气的关东煮吸引过来。其中有离开故乡独自在东京闯荡而深感疲倦的女生，有被公司裁员后不得不做夜班保安养家糊口的男人，有认识二十年以上每年都相约在这里谈论新年愿望的朋友们。背负着各种各样人生的人们经过这里，都为了热腾腾的关东煮停下脚步。在高汤的香气里选几种自己喜欢的食材，就着一杯烧酒慢慢吃下去。最后在剩下的烧酒里撒一点五香粉，兑一点关东煮的高汤，然后一口气喝下去，五脏六腑都得到了温暖的满足。

不止身体暖和起来，心情也因此得到了放松。纪录片里面对着镜头的顾客们，都是一副平静而愉快的表情。

村上春树也写过，一个人想吃东西的时候便常常想要去关东煮店的餐台前坐下，在关东煮店里独自一边想着心事一边喝酒再好不过。"若在寿司店，难免有一种'同本日精品对决'的紧迫感"。而关东煮店则不同，"无所谓本日精品，什么也没有，心情自然放松"。

说关东煮店什么也没有恐怕对关东煮不公平，萝卜啦，鸡蛋啦，竹轮啦，恐怕会感到愤愤不平。但是与不断宣传着"使用当日鲜鱼"的寿司店相比，与其怀着"不可以错过寿司最好吃的时刻"的心情一口一口快速吃下寿司师傅递过来的寿司，不如关东煮店的大锅里永远滚动着的无论煮多久都十分美味的魔芋和鱼肉山药饼来得更让人安心。

手机游戏《昭和物语》系列中有一款叫作《关东煮店物语》，讲的就是一个开关东煮店的老板，每天都要面对形形色色的顾客。每个顾客对于关东煮的种类都有自己独特的爱好，玩家如果不断给顾客提供他们所喜欢的食材，就会听到他们渐渐袒露心扉，说出自己内心深处的秘密：喜欢魔芋丝的夜店公关小姐过着看似光鲜亮丽的生活，其实内心深处很想回到秋田老家；喜欢油豆腐的贫穷青年默默爱着邻座刚刚毕业来到都市闯荡的女孩；喜欢竹轮的秃头老伯其实是深藏不露跟踪罪犯二十年的名侦探……

似乎只要对着热腾腾的关东煮，大家就不知不觉地能够将平时无法说出口的心事转化成语言讲出口来。

村上春树的《旋转木马鏖战记》一书中收集了八个从他人那里听来的故事，村上将它们以现实性的笔触记录下来——可以看作为后来写作长篇小说《挪威的森林》所做的准备工作。每一个故事都由"我"作为倾听者，由另一个人一边喝着咖啡或酒一边娓娓道来。《背带短裤》是在家里喝着咖啡；《出租车上的男人》是在画廊喝着葡萄酒；《游泳池畔》是在游泳俱乐部旁边的露天咖啡馆喝着啤酒；《呕吐一九七九》是一边听唱片一边喝威士忌……

诸如此类。喝酒的种类或场景某种程度上与故事的背景和人物身份相符合，或许是经过了精心的设计。不过喝咖啡的场景如果换作关东煮店或许未尝不可。

例如《背带短裤》里，妻子的朋友来家里做客，两人一边喝着咖啡一边聊天，眼看话题不足以将谈话进行下去的时候，对方忽然讲起了父母离婚的事情。

这里多少有些突兀，作者也只好加上一句"我不大明白她为何突如其来地搬出这样的话题，也许个中有什么缘由"。

如果将故事的背景换成关东煮店，说不定一切都会顺理成章。

"我"看完电影之后一个人在关东煮店吃关东煮喝酒，旁边忽然有人问"能坐这里吗？"，抬头一看，发现是妻子的朋友。于是两个人并排喝酒吃关东煮，卷心菜啦，豆腐啦，鸡蛋啦……一边吃一边有一搭无一搭地聊天。没有话题的时候就默默喝酒，气氛也不会非常尴尬。

只是我时不时心想：世间莫非就不存在御田杂烩的正统吃法？一如在寿司店一开始连吃两块肥金枪鱼会被视为鲁莽吃法，御田杂烩也该有所谓的吃法才是——例如一开始不能连吃两个鸡蛋啦，以竹轮和鱼肉山芋糕之间夹海带为常识啦，吃完卷心菜就用豆腐消除余味才算懂行啦，等等。或者说卷心菜原本就不是懂行人吃的东西?①

于是"我"说出我的困惑,对方就说,她也不清楚是不是有约定俗成的程序,不过确实有对这方面很讲究的人。

"是吧,安西水丸君就相当讲究。""我"说,"一次一起去吃关东煮,吃完看样子他想对我说'村上君说起来头头是道,可吃东西的程序可真够乱的了,吃完魔芋就吃白果'。"

"或许不是什么大不了的事情,不过有时候就是因为这样那样的小事。"她一边用筷子分开已经煮得软绵绵的萝卜一边说,"我父母就是因为这样离婚的。"

"因为吃关东煮的顺序?""我"吓了一跳。

"当然不是,不过,也是一件微不足道的小事。"她把涂上芥末的萝卜放入口中。

"背带短裤。"她说。

于是她讲起了关于背带短裤的故事。

当然这样的情节或许太过普通,失去了某种出人意料的冲击性,节奏或许也打乱了。不过作为读者,我想我很容易理解,当一个人在吃着关东煮陷入思考的时候,或许忽然就明白了那条背带短裤的意义。

说起吃关东煮的顺序,很多人在看过漫画《深夜食堂》之后,都记住了以下的吃法：

"牛筋配一瓶啤酒，萝卜配两杯冷酒，把水煮蛋的一半蛋黄搅拌在汤汁里，就着第二盘关东煮吃三大碗饭。真由美平时都是这么吃的。"

从创作的角度来说，永远按同一种吃法吃关东煮这一点成功地塑造了女孩真由美固执又可爱的形象。

虽然安西水丸未必赞同这一吃法，不过光是讨论吃关东煮的顺序这一点就好像足以给作者和读者提供无穷无尽的想象空间了。

从这个意义上来说，关东煮也很适合夜晚吃，尤其是冬天的夜晚。

---

① 村上春树：《朗姆咖啡和御田杂烩》，载《村上朝日堂的卷土重来》，林少华译，上海译文出版社。

福冈屋台里售卖的关东煮,在夜晚的街边十分受欢迎。

关东煮上面撒上葱花,蘸一点黄芥末或者柚子胡椒,就变成了非常好的下酒菜。

高松乌冬面店里的关东煮，配的是芥末蛋黄酱和木鱼花。

不仅吃关东煮的顺序不同，各地的蘸酱也不同，关东煮真是大有学问。

牛排，牛排

仿佛在现实世界里目睹《世界尽头与冷酷仙境》里胃扩张的女孩吃厚牛排。

口味这东西因人而异，不过也无法否认与个人的成长环境息息相关。

成长在神户的村上春树毫无疑问喜欢牛排。

我本来不太喜欢肉，平素大体只吃鱼和蔬菜，但两个月总有一次脑海里忽地冒出牛排这个图像，死活挥之不去。而且，一旦这么想到牛排就馋得坐立不安。这大约是身体自然而然需求肉食所使然。问题是既非鸡素烧又非肉末饼，也不是汉堡包、炸牛排、烤肉，就我来说偏偏是牛排。我猜想大概牛排这东西已作为"肉之符号"或某种纯粹概念输入了我的大脑。①

即便是对丝毫不了解神户的外国人说，我去神户旅行了，对方也一定会说，去吃牛排了吧。NBA篮球明星科比甚至用自己的名字为神户打了广告——据说科比的父母吃了一次神户牛排，被那牛排的味道所震惊，决定为自己即将出生的儿子取名科比（Kobe，即神户的罗马字拼音）。

当然神户这座城市还有很多其他值得一看的东西，但是"神户牛排"已经成为其中最为著名的一张标签。

搭阪神电车在神户三宫车站下车，一走出车站马上就会注意到街上铺天盖地的牛排餐馆招牌，让人立刻产生了"果然是神户"的感觉。牛排餐馆也俨然成了一种"神户之符号"的东西。

而且神户的牛排餐馆与世界上其他的牛排餐馆相比都存在着概念上的差异。例如在美国，普通餐馆甚至是酒吧的菜单上当然也会有牛排（毕竟大部分美国人都喜欢牛排），但绝不会在餐馆招牌上堂而皇之地写明我们这里是牛排餐馆。会这么写的大多是专门供应牛排的高级餐馆。高级餐馆对于大多数人来说，就是到了生日或结婚纪念日之前才会特意提前打电话订好位置，并且事先打扮得漂漂亮亮如约出现的餐厅。坐下来之后便做好荷包出血的心理预期，叫侍应生开一瓶上好的红酒，点一份号称已经熟成一个月的T骨牛排，然后铺上雪白的餐巾等着价格昂贵的牛排上桌。这种牛排餐馆也大多开在曼哈顿中城、上东区或华尔街附近，而不会在车站前面等待外国游客上门。

神户固然也有那种价钱让人大吃一惊只好匆匆离去的高级店面，却也不乏能以适中价格吃到美味牛排的地方。

众所周知，神户这个城市有不少牛排馆，因此小时候要在外面吃饭的时候大多是去吃牛排。当然，说改善也是改善，不过总有一种类似"就在附近"的随意性。过去的事了，况且终究是小孩子的味觉，不敢保证绝对好吃，但我至今仍隐约记得那种味道，认为牛排必须是那样的才对。至于门面堂而皇之、宣传煞有介事、格调超凡脱俗的东西，至少用在牛排上面我是不以为然的。②

说起神户牛排，大家的第一反应也是价格昂贵的高级牛排。其实即便同样是神户牛肉，也会因为等级和位置不同价格有所区别。特别是在午餐时段，以两千到四千日元的价格也能吃到包含沙拉、米饭、渍物、味噌汤和咖啡的牛排套餐。当然也可以选择面包和黄油来代替米饭，但是大部分日本人还是会选择米饭加味噌汤。

无论牛肉等级高低，大部分牛排餐馆都喜欢用简单快速的铁板烧烤方式烹饪。服务生将生牛排展示给顾客看过之后，厨师就将其放在烧热的铁板上面，两面略微煎一两分钟，淋上酱汁，用半圆形的盖子盖起来等待酱汁的味道渗入牛肉里面。掀开盖子之后，用锋利的尖刀利落痛快地将牛排切成适合入口的小块，然后连同金黄的炸蒜片一起放到顾客面前的盘子里。那牛排就在你的眼皮底下吱吱作响，表面是焦褐色，切口则露出粉嫩而湿润的肌肉纹理，非常诱人。带有动物性脂肪香气的牛肉味道非常朴实地道，丰盈的肉汁被锁在牛排内部，口感上圆润饱满，吃下一块之后头脑里面便充满了"喔，吃到了美味的肉"那样的单纯的愉悦感。接下来就近乎本能地不停吃着盘子里的牛肉，希望将这种愉悦的感受维持得久一些，再久一些。直到面前的牛肉如同风卷残云一般干干净净。

相比慢慢啜饮着红酒等待牛排上桌，亲眼看着牛排在铁板上腾起油烟，然后被长长的利刃切开的过程是如此迅猛而奔放，直截了当地以带着香味的画面感勾起人类内心对于肉类的渴望。且不说肉质的高级程度，我认为这才是神户牛排餐馆的独特之处。

小说《舞！舞！舞！》中，"我"被身为知名演员的初中同学五反田带去六本木的高级牛肉餐馆吃烤牛肉。因为唯有那种彻头彻尾的高级餐馆，才能保证"我"和五反田在不被打扰的情况下吃饭，店员不会大惊小怪，叽叽喳喳地交头接耳，客人也不会侧目或是来索要签名。烤牛肉的味道当然无可挑剔，不过五反田对这种地方却早已感到厌倦。配合五反田的心情，读到此处的读者也完全不会想要吃烤牛肉。

村上春树分享过自己认为"令人最想吃烤牛排"的小说——哈德里·切斯《布朗迪希小姐的兰花》的开头部分，"每次都让人条件反射似的想大吃一顿牛排"。

记忆中小说的开头是一个男子走进一家位于尘土飞扬的乡村路边的不怎么起眼的小餐馆。男子饿得发慌,让女服务生拿牛排上来,还细细叮嘱了一番煎烤的火候和配什么元葱。厨师用铁板煎烤牛排,炒元葱。炒元葱的强烈气味势不可当地刺激起男子的食欲,他一边吞口水一边静等牛排端来。外面路上卡车一溜烟驶过,干热干热的太阳火辣辣地烤着大地。切斯简洁而粗犷的语言和男子的食欲以及"吱吱"煎烤的牛排的香味巧妙地融合在一起,让人不知不觉被拖入了小说的世界。若换了炸肉饼,就没这个效果了。③

总而言之,牛排能够不可思议地唤起单纯朴素的欲望——那种文明社会里依然残留在人类体内的对于原始时代茹毛饮血般大块吃肉的向往。所以类似干热的美国西部乡村啦,或是烟熏火燎气味强烈的铁板餐馆啦,都是和牛排十分匹配的场景。当然最好再配上一个胃口奇佳的男人或女人,自然会令观者也不由自主地想要吃起牛排来。

说起食欲旺盛的人,我便立刻会想到小说《世界尽头与冷酷仙境》里患有胃扩张的图书馆女孩。女孩应邀来到"我"家里,吃掉了"我"准备的晚餐之后,又盯上了"我"用来作为威士忌下酒菜的厚牛排，连同米饭、梅干和味噌汤一起转眼间一扫而光。

饭后两人不出所料一起睡觉。因为女孩吃得十分满足而幸福，而"我"也觉得吃东西吃得如此满足而幸福的女孩十分性感。身为读者的我似乎也感受到吃了强火烤熟再配上姜泥的厚牛排而产生的幸福感。

我在京都一间立饮店喝酒的时候，遇到过一个吃厚牛排的女孩。

立饮店的客人大多以喝酒为主要目的，店里一般只提供干果或是现成的简单小菜。那个女孩起先一边喝威士忌嗨棒（High Ball）一边吃苏打饼干和奶酪，用两只胳膊支撑在柜台上看文库本的小说。而后换成了柠檬沙瓦配土豆泥，两只眼睛一直也没离开手上的书。因为第一次遇到在立饮店读书的女孩，我忍不住多看了她几眼，没想到忽然看见侍者给她端上一份放在铁板上的厚牛排。虽然是立饮店做的厚牛排，香味和气势却是不折不扣的铁板牛排。切开的粉嫩牛肉上面覆盖着深褐色的酱汁，搭配烤到焦脆的马铃薯，在铁板上一起吱吱作响。女孩终于放下手里的书，露出十分开心的表情，拿起叉子把牛排放入口中。

站在一旁喝着加冰威士忌的我，感觉那牛排的香气正一点点地入侵，害得我也迫不及待地想要点一份厚牛排来吃。

她一边吃着厚牛排一边继续看书。我忽然想到，这个时刻就好像是我在现实世界里目睹着《世界尽头与冷酷仙境》里患胃扩张的女孩吃厚牛排的那一章一样。而我也不知不觉地一边读一边被拖入小说的世界，忍不住想要点厚牛排来吃。

牛排真是有点不可思议的食物。

---

①②③　村上春树:《牛排，牛排》，载《村上朝日堂 嗨嗬！》，林少华译，上海译文出版社。

神户三宫牛排餐馆里的神户牛肉厚切牛排

牛排火候掌握得十分到位,配上大量的炸蒜片味道更加浓郁。

赞岐乌冬面

十五岁生日那一天,少年卡夫卡决定离家出走,到一个遥远而陌生的地方去。那里的乌冬面好吃得令人感到幸福。

村上春树给许多杂志写过文章，但是很少专门写关于美食的内容。难得一见地写过一次，讲的就是赞岐乌冬面。

为此，村上春树还邀请安西水丸和编辑三个人一起来了一场"超深度乌冬面纪行"。目的地当然是四国的香川县。

香川县是赞岐乌冬面的发源地，当地人深深引以为荣。虽然关西的乌冬面也很有名（大阪、京都岚山、伊势等地都出产好吃的乌冬面），但是没有一个地方像香川县一样，连吉祥物都设计成乌冬面的形状（可想而知样子非常奇怪），足球队也起名叫赞岐乌冬队。导致人们只要提起香川县，首先想到的一定是乌冬面。

连身为关西人的村上春树也对香川县的乌冬面赞不绝口。用他本人的话说，就是"相当 deep，学问很深"。

我第一次吃日本乌冬面是在东京。当然东京大部分都是荞麦面餐馆，从一早上开始就站在车站前面的荞麦面店点一碗清汤荞麦面当早餐的情形在东京十分常见。上班族的午饭也常常是一碗天妇罗荞麦面，晚上又继续去荞麦面馆就着蒸笼荞麦喝酒。在这样的氛围里，连续吃了好多天荞麦面的我决定在荞麦面馆里点乌冬面来换换口味。不出意外地，果然还是荞麦面比较好吃。

然而到了关西，情形整个颠倒过来，满大街都是乌冬面餐馆。而且乌冬面的味道和在东京吃到的完全不同。首先是汤头，香气柔和，浓醇里带点微甜的味道十分高级。乌冬面本身也更为柔软顺滑，搭配色彩丰富的配菜，既赏心悦目又暖心暖胃。

不过赞岐乌冬似乎与这种一般意义上的美味全然不同。

我走进车站附近一家面馆填肚子——四下一看，碰巧这家面馆在视野内。我生在长在东京，很少吃乌冬这种面条，但它还是跟我迄今吃过的任何乌冬面都不一样：新鲜，有咬头，老汤也香气扑鼻。价格也便宜得惊人。由于太好吃了，又来了一碗。这么着，肚皮久违地饱了，充满幸福感。吃罢坐在站前广场长椅上，仰望晴朗朗的天空。我想我是自由了。我在这里自由得像空中的行云。①

这是《海边的卡夫卡》中少年卡夫卡到达高松，第一次吃到香川的赞岐乌冬面时的感受。

十五岁的少年卡夫卡在生日当天离家出走，人生初次离开东京，踏上了四国的土地。四国对于大多数日本人来说算是相对陌生的地方，虽然不至于像北海道那样带有异国风情，但是毕竟隔海相望，交通又不算特别便利，所以许多生活在本州岛上的日本人也从来没有去过四国。《樱桃小丸子》里有一集小丸子全家难得一见地出门旅行，目的地就是四国香川县的高松。一家人爬了金刀比罗宫长长的台阶，吃了好几次赞岐乌冬面。

少年卡夫卡从东京车站坐上夜行巴士，跨过濑户内海大桥，便来到了高松这个对于自己来说完全陌生的地方。因为第一次离开东京，少年卡夫卡大概没想到车站前面开的是乌冬面店而非荞麦面店。而那乌冬面的味道又与东京的截然不同，这让少年卡夫卡真切地感受到，他终于离开了东京的家，开始面对独自一个人生活的自由自在。

高松的赞岐乌冬面，就这样成为从未有过的新生活开始的标志。

说起来车站前面的乌冬面店，很有可能只是普通的连锁店，但是那味道也足以让人感到与众不同，真不愧是以赞岐乌冬面而闻名的香川县。

最常见的乌冬连锁店丸龟制面就来自香川县。虽说是普通的连锁店，但第一次在神户光顾丸龟制面的经历仍然让我难忘。先不说味道，首先让我感到吃惊的是店里大多数人吃的都是放在蒸笼上面的乌冬面。在我的印象里，只有荞麦面才有"蒸笼荞麦面"的吃法。煮好的荞麦面捞出来放在蒸笼上沥干水分，用筷子夹起荞麦面，蘸一点加了芥末和葱花的酱油蘸汁，日语里称为"盛荞麦"。这种吃法可以充分感受到荞麦本身的口感和香气，可以用来下酒。东京的荞麦面店里常常能见到喝酒的中年人，一边喝着清酒，一边一点点吸着蘸了酱汁的荞麦面条，悠闲地度过一个个午后或夜晚。白花花的乌冬面放在蒸笼上的样子倒是第一次见到。吃面的人也并不喝酒,而是非常豪气地将粗粗的乌冬面浸在盛了汤汁的碗里,大口大口地吃着,场面非常有冲击力。

这种吃法上的根本区别也是村上春树认为赞岐乌冬面非常"deep"的原因。

赞岐乌冬面更加 deep 的吃法其实是在捞起来的乌冬面上加一点葱花,然后直接浇上酱油就吃起来。可以说是比蘸汤汁的蒸笼乌冬面还要干脆爽快的吃法。

好容易跑来四国,我也想品尝一下这"有深度"的酱油乌冬。这东西相当可以,简洁豪放,以荞麦面条言之,就是所谓"小笼屉"之感。放久失去弹性的乌冬就不成了,若是刚刚摔打出来的生龙活虎的乌冬,淋上酱油,覆以葱花调味,"吐噜吐噜"吃起来,味道禁不住让人拍膝叫绝。[②]

可以不需要过多调味就直接加酱油吃的乌冬面,应该是对面条本身的香味和口感相当有自信。根据村上春树在《超"有深度"赞岐乌冬面之旅》中的调查结果来看,香川县的乌冬面店中有许多是由制面所直接经营的。也就是说,在生产乌冬面的工厂前面搭几张桌子,放上酱油和调味汁,将水烧开,客人就可以吃到新鲜制作出来的乌冬面了。据说香川县的制面所使用的都是特别调配的小麦粉,小麦都是经过特别改良的品种,用这种面粉制成的乌冬面,无论香气、味道还是口感,都与其他地方生产出来的完全不同。特别是刚刚做好的新鲜乌冬面,确实是只要下锅烫熟,再浇上调味料汁或酱油就十分美味了。

如此独特的赞岐乌冬面,大概可以终结日本人关于乌冬面好吃还是荞麦面好吃的关西关东之争。东京人很少吃乌冬面,认为那是讨厌荞麦面粗糙口感的小孩子才会喜欢的东西。若是关西人到了东京,也会对东京餐馆里端上来的黑乎乎的荞麦面深感惊讶。村上春树虽然生长在关西,似乎也已经习惯了在中午走进东京的荞麦面馆,并且认为荞麦面馆的啤酒格外好喝。不过在全日本范围内,大家都达成共识,对赞岐的乌冬面赞不绝口。"乌冬面果然还是香川县的好吃啊!"来自静冈的小丸子一家也会这样说。用村上春树的话来说,则是:

赞岐乌冬也应具有唯独赞岐乌冬才有的不容怀疑的独立性才对。因为以如此不亚于虔诚信仰的澎湃激情热爱乌冬的县民,即使找遍全日本也绝无仅有。③

出产这种独特赞岐乌冬面的地方,也正是适合作为少年卡夫卡奇异故事上演的舞台。

田村卡夫卡听从叫乌鸦的少年的建议,下决心成为世界上最强悍的十五岁少年。在此之前,他一直默默做着坚持不懈的努力。他很少和同学或朋友交往,只是一个人孤独地往来于体育馆和图书馆之间,贪婪地想要让自己的身体和头脑都变得强大起来。终于,在十五岁生日到来的那一天,少年卡夫卡决定离家出走,到一个遥远而陌生的地方去。

那个地方便是能够吃到独一无二的赞岐乌冬面的香川县高松。

在香川县的乌冬面馆里,有着如菲利普·马洛一般沉默地吃着乌冬面的坚强的男人。

看上去客人吃的效率非常高。基本上是男子一个人进来,简单点罢,从台面随意取来炸牛肉饼或炸豆腐,以熟练的手势加进调味品,"吐噜噜"默默吞食,食毕放下钱迅速离去。极其 Hard-boiled。假如菲利普·马洛生在香川县,肯定如此吞食乌冬无疑。不剽悍吃不了乌冬,不温柔没资格吃乌冬——是否果真如此我不晓得,姑妄言之罢了。④

少年卡夫卡的希望,或许正是成为菲利普·马洛那样的硬汉。暂且不论他后来到底有没有成为世界上最强悍的十五岁少年。

至少，在少年卡夫卡第一次吃到赞岐乌冬面的时候，他内心所感受到的幸福，应该和吃乌冬面的菲利普·马洛一样温柔。

---

① 村上春树：《海边的卡夫卡》，林少华译，上海译文出版社。

②③④ 村上春树：《超"有深度"赞岐乌冬面之旅》，载《边境 近境》，林少华译，上海译文出版社。

高松的蒸笼乌冬面

蒸笼乌冬面是看起来简单却能凸显新鲜乌冬面口感和香气的吃法。

在高松几乎每天都吃乌冬面。

新鲜的乌冬面加上简单的清汤和豆皮就很好吃了。

如果觉得只淋上酱汁的乌冬面太过单调，也可以配上天妇罗。当地人去乌冬面店大多是自己挑选店家事先做好的炸虾或可乐饼放进乌冬面里，有些人还会配一两个豆皮寿司。

PART 3 远方的美味

Delicious food from afar

甜甜圈

羊博士表示,只要把肉桂甜甜圈给他,就可以帮助羊男摆脱困境。

对于不喜欢吃甜食的村上春树来说，甜甜圈是个例外，"时不时没有来由地不由分说地想吃甜甜圈"。

提到甜甜圈，我就会条件反射般地想到Dunkin'Donuts（唐恩都乐）。在美国东部旅行的途中，从曼哈顿的摩天大楼底下，到新泽西州两侧遍布绿树的车道旁边，再到纽黑文海边孤零零的加油站前，到处都能看到Dunkin'Donuts橙色和粉色相间的招牌。作为美国最大的甜甜圈品牌，Dunkin'Donuts在美国东部占有压倒性的地位。说实话，我根本没见过其他的甜甜圈店。

后来我才知道，Dunkin'Donuts在美国的主要竞争对手其实是星巴克，当人们想要喝咖啡的时候，第一时间想到的就是Dunkin'Donuts或是星巴克。

这点令我大感意外，因为我个人觉得Dunkin'Donuts的咖啡实在是难喝。虽然号称是选用高级咖啡豆每日新鲜研磨，但是据说他们追求的是所谓"不太甜，不太苦，不太浓"的恰到好处的咖啡。换句话说，这岂不就是毫无特点的咖啡吗？

不过这种咖啡和甜甜圈倒是很合拍。因为他们的甜甜圈实在是太甜了，口腔里浓度极高的糖分会让人失去对咖啡香气的敏感程度。一大杯不太浓的咖啡刚好可以用来冲散残留的甜味，最终达到一种奇妙的平衡，让人产生"嗯，或许还可以再来一个甜甜圈"的感觉。而且根据Dunkin'Donuts网站的介绍，甜甜圈正确的吃法就是要浸在咖啡里，所以买甜甜圈的时候请一定要买一杯咖啡。

村上春树住在波士顿郊外，在塔夫茨大学（Tufts University）工作的时候，常常在去学校之前买甜甜圈。"把车停在路旁萨默维尔 Dunkin' Donuts 的停车场，买两个甜甜圈，往自带的小保温瓶里灌满热咖啡，拿着那个纸袋赶去自己的办公室。"

波士顿正是 Dunkin' Donuts 公司的所在地，波士顿人对于 Dunkin' Donuts 有一种特殊的情感。

这座城市当然也有众多星巴克，但顽固不化的波士顿市民（市民大半都多少有点顽固）走在街头忽然想喝咖啡时，似乎比起星巴克，更爱跑进唐恩都乐里去。哪怕男女店员的态度远远谈不上友好亲切，咖啡的味道也称不上印象深刻，桌椅和照明竟相把极简主义发挥到了极致，网络环境等观念几乎不在考虑之列。然而，与星巴克相比，他们还是愿意继续做唐恩都乐的忠实顾客。①

波士顿市民一直以自己城市古老的历史（相对于美国的历史来说）而自豪，市民们存在着某种程度的固执也是可以理解的。他们对发源于波士顿而名扬全美乃至全球的甜甜圈公司想必也充满自豪。

有趣的是，虽然 Dunkin' Donuts 创立于 1950 年，但是多年以来一直只在美国东部发展。很晚才开始进军美国西部市场，洛杉矶竟然在 2014 年才有了第一家 Dunkin' Donuts 分店。我想一部分原因是甜甜圈这种高热量的东西本来就更适合寒冷的新英格兰地区，每天沐浴在明媚阳光底下的加州人可能不会想吃什么甜甜圈。而在每年 3 月冰雪才开始融化的波士顿，每天早上的热咖啡和甜甜圈可能是冬天里非常好的慰藉。

如果是去纽约，或者在东京，我也常常走进星巴克里喝一杯咖啡。对于星巴克，我并没有个人层面的反感。这一点还请理解。但只要身在波士顿，我的两只脚就会自然而然地朝着唐恩都乐的标志迈过去。在那里皱着眉头喝着热咖啡，啃着甜甜圈，摊开《波士顿环球报》，查看前一晚球赛的结果。因为那里再怎么说毕竟是波士顿，而唐恩都乐是"波士顿式的精神状态"中至关重要的一部分。所以不知不觉就会变成："大杯白巧克力冬日奶茶？嗯！"②

我不知道 Dunkin' Donuts 白巧克力奶茶味道如何，不过白巧克力口味的甜甜圈可以说是真正的"甜甜"圈，咬上一口脑海里就能立刻浮现出制作甜甜圈的人"咕咚咕咚"往原料里倒进大量砂糖的场面。

能一口气吃下四个甜甜圈的人恐怕只有《羊男的圣诞节》里

非常喜欢甜甜圈的羊博士了。

羊博士狼吞虎咽地一口气干掉六个甜甜圈中的四个,余下两个不胜怜惜地放进餐橱,然后手指蘸了唾沫,将掉在桌上的碎渣粘在一起"吧唧吧唧"舔了。③

我在Dunkin'Donuts最常点的是原味或肉桂味的甜甜圈,不会特别甜,而且肉桂特殊的香味非常吸引人。羊博士也喜欢肉桂味的甜甜圈。愁眉苦脸的羊男正是因为在公园吃肉桂味的甜甜圈才成功引起了羊博士的注意,羊博士表示,只要把肉桂甜甜圈给他,就可以帮助羊男摆脱困境。

话说如果真能遇见这样的羊博士,他要多少甜甜圈我都愿意给他。

当然我自己也会有忽然非常想吃甜食的时候,那种时候我一般会选择奶油巧克力口味的。恐怕只有在Dunkin'Donuts的总部波士顿,才可能万中无一地生出"啊,想吃白巧克力甜甜圈"的心情吧。

说来也奇怪,在美国之外的城市,干脆连想吃甜甜圈的冲动也没有。我甚至不记得在东京见过Dunkin'Donuts。

《奇鸟行状录》里确实写过东京的甜甜圈店:主人公冈田亨为了追寻妻子的下落,听从舅舅的建议,在新宿街头用自己的眼睛观看人们的面孔。坐在新宿站前的花坛边上,他专心地看路人的面孔,中午就去 Dunkin' Donuts 店里买甜甜圈和咖啡当午饭。

在此共坐了十一天。每日喝咖啡,吃甜甜圈,只管盯视眼前穿梭的数以千计的男女面孔。④

对于冈田亨来说,虽然连续吃了十一天,但是甜甜圈和咖啡恐怕都谈不上是什么美味,只不过是为了解决午餐而已。这种时候出场的甜甜圈,大概就是村上春树关于"人为何被甜甜圈所吸引"的一个实例。

我想,在现代社会,甜甜圈这东西不单纯是仅仅正中间开洞的一个油炸果子,而大概是综合了"甜甜圈式"诸多要素,使之集结为一个圈形结构而以此提升其存在性……呃,所以,痛快说来,这就是我单单喜欢甜甜圈的缘由。⑤

嗯,虽然看起来像是一本正经地胡扯,但若真是如此,在现代社会具备独特存在性的甜甜圈或许还真的是很适合社会边缘人冈田亨的食物。

有趣的是,村上春树还曾经在《村上广播》中详细考证了甜甜圈的洞洞是何时何人发明的。(1847 年,美国缅因州一个叫汉森·格雷戈里的船长发明的。）并且言之凿凿，说这个故事在一本书上写得清清楚楚。果真如此的话，那个中间的洞的确是使甜甜圈具备了独特存在性的东西。如果没有了那个洞，甜甜圈就不成其为甜甜圈。

《羊男的圣诞节》中，羊博士一本正经地说，羊男之所以陷入困境，正是因为在平安夜（在羊男的世界里也叫"圣羊祭灵日"）吃了带洞的甜甜圈而招致了诅咒。所谓圣羊祭灵日，就是圣羊上人因为掉进地洞不幸去世的日子，所以便流传下来了那一天不能吃一切带洞食物的规矩。可怜今兮的羊男只好从自己上班的甜甜圈工厂找出唯一不带洞的食物——扭结麻花。

这种食物也被称为西班牙甜甜圈（Churros），西班牙人将制作甜甜圈所用的面团挤成长条形，两股扭在一起放进油锅里炸到表面酥脆，撒上肉桂粉，蘸巧克力吃。日本的甜甜圈店 Mister Donuts（美仕唐纳滋）有售卖这种蜂蜜 Churros。虽然勉强可以说是"集结为一个圈形结构"的油炸点心，从形状上来说还是很难让人将其和甜甜圈关联起来。

不管怎么说，味道应该错不了。羊男将它分给了左扭结和右扭结兄弟，双胞胎姐妹 208 和 209，以及啥也不是，大家都吃得欢欢喜喜，度过了喜气洋洋的圣诞节。

Dunkin' Donuts 所售卖的没有洞的产品则被称为"Munchkins"

（小不点）。这东西可以说是小号没有洞的甜甜圈，大概是乒乓球大小的球形，有不同口味。下午茶的时候买上一盒大家一起分享，吃两三个也不会有太多的罪恶感。也许这样的食物不符合村上春树对于甜甜圈的定义，不过也有人将其称之为"甜甜圈洞"（Donuts Hole）。这样一来，Munchkins 也可以说是具备了独特存在性的"反甜甜圈"吧。

话说回来，吃甜甜圈的时候还是不要考虑热量的问题了。诚如村上春树所说：

> 刚出锅的甜甜圈，颜色也好，味道也好，脆生生的口感也好，都好像充满鼓励人多吃的善意。只管吃，什么减肥不减肥，那玩意儿明天开始不迟！⑥

既然对健康和身材都高度自律的村上先生都这么说了，你真的不想来一个甜甜圈吗？

---

①② 村上春树：《棒球、鲸鱼和甜甜圈》，载《假如真有时光机》，施小炜译，南海出版公司。

③ 村上春树：《羊男的圣诞节》，林少华译，上海译文出版社。

④ 村上春树：《奇鸟行状录》，林少华译，上海译文出版社。

⑤⑥ 村上春树：《甜甜圈》，载《村上广播》，林少华译，上海译文出版社。

在曼哈顿街头的唐恩都乐（Dunkin' Donuts）吃肉桂甜甜圈。大部分人行色匆匆地进来打包甜甜圈和咖啡带走，悠闲地坐在店里吃的人少之又少。

在纽约的时候常常会想吃甜甜圈。

早餐或是下午茶的时候,都很适合一边喝咖啡吃甜甜圈一边眺望街上的风景。

"超级"凯撒沙拉

做好吃凯撒沙拉的秘诀在于生菜,像《舞!舞!舞!》里那种"说不定闭店后被店员集中起来施以特殊训练的生菜"。

村上春树毫不掩饰他对于沙拉的喜爱。无论是在家做饭,客居海外或是旅行途中,他一有机会就吃大量蔬菜做成的沙拉。

大如脸盆的碗里装着满满的蔬菜,大口大口地吃。头一回见到的人都非常惊讶:"你当真一个人都吃掉吗?"①

同样众所周知的是村上先生对于沙拉的严格标准。想来是因为沙拉这种料理相对简单,除了在蔬菜上面淋上酱汁,就再没有其他操作了。因此要想让沙拉好吃,必须格外注重选择新鲜的材料,以精确的比例按照配方调制酱汁。

达不到这种标准的沙拉吃起来想必心情非常糟糕,所以村上春树把这种不合格的沙拉写进了小说《寻羊冒险记》里妻子决心离去的场景之中。

"电冰箱里有沙拉。"
"沙拉?"我抬头看她。
"西红柿和扁豆,只剩这个了。黄瓜变坏扔了。"
"唔。"
我从电冰箱里拿出装有沙拉的蓝色深底冲绳玻璃盘,把瓶底仅剩五厘米的沙拉酱全部淋到上面。西红柿和扁豆冻得如阴影似的瑟缩着，索然无味。②

从黄瓜变坏来推断，西红柿和扁豆应该也新鲜不到哪里去了，即便加上五厘米的沙拉酱也无济于事，依然吃起来十分寡淡。蔬菜在冰箱里渐渐流失了水分和营养，如同"我"和妻子在日复一日的生活中不知不觉地丧失了一起走下去的信心。一想到要吃从冰箱里取出来的蔫巴巴、冷冰冰的蔬菜做成的沙拉，不免感到一阵寒意从胃里升起来，自然能够体会到"我"面对着即将离开的妻子，既无可奈何又无能为力的感伤。

如果吃过这种能给人留下心理阴影的沙拉，自然也会以严格的标准要求沙拉吧。

村上春树曾经写过他在夏威夷檀香山吃到的令人印象深刻的沙拉：

也无非是将罗马诺生菜、库拉番茄和毛伊岛洋葱拌一拌，简单至极。然而味道却美极了，午餐时我总是吃这个。只要有热乎乎的面包卷加上这道沙拉，再配上冰啤酒，别的什么都不需要了。③

虽然看不出来这样简单的沙拉味道会有多好，但是由此可以看出，沙拉的魅力很大程度上取决于原料本身。村上解释说，这主要是由于毛伊岛产的洋葱很特别，甜甜的可以直接入口。据说美国影星弗兰克·辛纳屈就是这种洋葱的狂热追捧者，还曾专门叫人寄到美国去。

说起美国的沙拉，确实有点单调乏味让人提不起兴趣。一般的餐厅菜单上，可供选择的沙拉种类差不多就两三种，其中一种必然是凯撒沙拉。不知道为什么美国人特别偏爱这种沙拉，几乎还没见过哪家餐厅的沙拉菜单中没有凯撒沙拉的。我猜想，或许因为发明凯撒沙拉的厨师凯撒·卡尔迪尼是意大利移民，所以口味上带有新鲜的异域风情。而且这道沙拉最初是由厨师来到桌边，当着客人的面在生菜上铺上面包丁，抹上鸡蛋，淋上酱汁，再撒上现磨的帕马森芝士粉，颇具表演性质。这些都迎合了美国人的喜好。况且美国人自己发明的沙拉味道实在说不上好，比起美国餐馆的其他沙拉，我也更喜欢凯撒沙拉。

我还没有试过在餐馆单独点一份凯撒沙拉做正餐，不过中午用沙拉做午餐确实是个不错的选择。每天中午和美国公司的同事们一起在楼下食堂用餐时，姑娘们都清一色地选择自助沙拉：一大把各种新鲜绿叶菜，一些简单烹调过的蘑菇、茄子或南瓜，外加一块鸡胸肉，一勺金枪鱼或是几块煎豆腐作为蛋白质的来源，再撒上面包丁，淋上沙拉酱汁。一来比食堂其他油腻腻的汉堡或比萨来得健康，二来下午的时间里不容易犯困。一连吃了好几个星期，也不会觉得厌烦。不过现在想想，那时要是有凯撒沙拉该多好啊。

有时候去餐馆吃饭点了套餐，接下来服务生大多会问，附赠的配菜要选汤还是沙拉（Soup or salad？）这句话通常说得很快，大概因为是例行询问，美国人自会心照不宣。作为外国人第一次听还难免有点发愣，还以为是"超级沙拉"（Super Salad）。村上春树说他在芬兰导演米卡·考里斯马基（阿基·考里斯马基的哥哥）的电影里看到过这个场景，忍不住会心一笑。想必爱吃沙拉的村上先生在美国也不止一次有过同样的经历吧。

当然如果你选了沙拉，也不要指望会得到什么"超级沙拉"，因为送上来的一般都是那种在生菜上面铺着几片黄瓜、西红柿和洋葱的毫无滋味的沙拉，我每次都是以安慰自己"多少补充了一些维生素"的心情吃下去的。只有一次在哈佛大学附近的餐馆，端上来的竟然是凯撒沙拉，而且味道还不错，立刻让人对此餐馆心生好感。

村上春树也提到过，在哈佛大学正门附近的某家餐馆吃到过"解构主义凯撒沙拉"：

其实不过是把食材分别端上桌来，"接下去就请诸位自己动手调配吧"，可那名字起得真叫知性又帅气。该说是人杰地灵吗？到底不同凡响。④

　　哈佛大学附近的人对于凯撒沙拉的喜爱，说不定比一般美国人更深。

　　村上春树喜欢的凯撒沙拉，或许可以称为"复古主义凯撒沙拉"。他认为好吃的凯撒沙拉必须"遵照正宗的分量，使用正宗食材"。

　　首先，这道沙拉必须得用如同处女般脆嫩水灵的新鲜长叶生菜。时常有人用普通的圆生菜代替，那玩意儿连提都别提。假如用的是红叶生菜，那就更难下咽啦。配料只要油炸面包丁、蛋黄和帕尔马干酪。调味料则用上等橄榄油、蒜末、柠檬汁、英式辣酱油、葡萄酒醋。这就是正宗做法。如何？相当爽口吧？⑤

　　这里面的重点我认为是"脆嫩水灵的新鲜长叶生菜"，我也曾试图按照这个配方在家自制凯撒沙拉，其他食材都好说，最后因为超市里只有圆生菜或奶油生菜（正宗的材料应该是长而厚实的罗马生菜）而作罢。

　　很会挑选生菜的村上先生或许自己也做过凯撒沙拉吧。就像小说《舞！舞！舞！》中写的那样：去青山的纪伊国屋商店买调配妥当的脆生生的生菜，那种"说不定闭店后被店员集中起来施以特殊训练的生菜"。

这样做出来的沙拉，大概可以称得上是"超级"凯撒沙拉了。

啊，脑海中似乎响起了吃着鲜嫩爽脆的凯撒沙拉时"咔嚓咔嚓"的声音。

---

①③④⑤　村上春树：《凯撒沙拉》，载《大萝卜和难挑的鳄梨：村上 Radio》，施小炜译，南海出版公司。

②　村上春树：《寻羊冒险记》，林少华译，上海译文出版社。

在哈佛大学附近餐馆里点了午间套餐,端上来的凯撒沙拉十分有水准。

餐车

「隆美尔将军在开往巴黎的列车餐车里吃了炸牛排午饭。」写小说应该以这样的句子开头,小说家村上春树如是说。

写小说的时候，应该以有外延性的句子开头，故事就会迅速膨胀。

这可是村上春树的经验之谈。

那么什么是有外延性的句子呢？比如说下面这句：

隆美尔将军在开往巴黎的列车餐车里吃了炸牛排午饭。

我为什么会清楚地记得这无关紧要的一句话呢？是因为颜色搭配得鲜艳。隆美尔将军笔挺的藏青色哔叽，白色桌布，刚刚炸好的浅褐色牛排、薄薄挂几道奶油的面条，以及车窗外铺展的法国北部绿色田园风光——实际上也许不是这样，但阅读之间接连浮上脑海的便是如此的颜色搭配。正因为这一点，并无特殊意味可言的语句才会久久留在记忆库的一隅。①

虽说由于文字而产生的想象因人而异，我对隆美尔将军也没什么了解，不过光是巴黎、餐车、炸牛排这几个词，就已经足够使我在脑海中描画出村上春树所讲述的画面了。

不，或许应该说，由于隆美尔将军的缺席，我想象中的画面可能更接近于《东方快车谋杀案》。

制服笔挺的军官和穿着20世纪30年代服饰的小姐，在铺着雪白桌布的餐车里，彬彬有礼地用刀叉吃着各自的煎蛋，偶尔用带有英国口音的英语简短而得体地交谈。身边来自世界各地的旅客，各怀心事地望着窗外的风景变幻，望向远处绵延的欧洲大陆。桌上酒杯里的酒，正随着列车"咔嗒咔嗒"的震动声轻轻摇动。

那种梦幻般的场面就是我想象中的餐车。

不过实际上去日本坐火车，才发现时下的列车已经基本上不设单独的餐车了。还保留着餐车的大多是单纯以观光为目的的列车，车厢内部装饰豪华，有能坐在沙发上眺望车窗外风景的舒适的卧铺车厢，餐车也宽敞得超乎想象。提供的料理和服务当然也是高等级的怀石料理或者法式套餐，坐在餐车里的餐桌前面，几乎和在高档餐馆别无二致。唯一的区别就在于用餐的同时，还能在移动的列车中享受窗外变幻的风景。

但我认为，那已经算不上是被村上春树称为"临时制度"的属于餐车的特殊氛围了。

就是说，餐车中的饮食并非以"充饥"为目的的饮食，却又不是为了"品味"的饮食。我们怀着介于二者之间的空漠的暂时性情思来到餐车，在饮食当中被确切无疑地拉往某个地方。说感伤也够感伤的。②

这样的"临时制度"是需要建立在一定时间长度之上的，比如东方快车那种横穿欧洲大陆三天两夜的旅行。没办法靠火车便当（如果他们也有的话）或是自带的面包应付过去，必须要在餐车中建立新的"临时"餐饮制度。那样的过程本身，就是旅行的一部分意义所在。

北海道新干线通车之前，从东京到札幌运行的长途卧铺列车"北斗星号"和"仙后号"，就是日本少数运行时间长得足以需要建立这种"临时制度"的列车。因此当然也配有餐车，不过餐车在晚上九点之前同样只提供高级的怀石料理或法式套餐，之后才开放单点式的菜单。不过我想，既然要体验这种"临时制度"，也就不必再特意去餐车点什么普通的咖喱饭了吧。

如今，东京到札幌的卧铺列车已经退出了历史舞台，取而代之的是东京到函馆的新干线以及从函馆到札幌的特急列车。这种特急列车的速度也大幅提升，从函馆到札幌只要四个多小时。在这个时间范围内，餐车也变得多少有些鸡肋。如果实在想吃东西，便用美味的火车便当代替了。本来还想试试和村上春树一样，"坐在函馆开往札幌的特快列车的餐车中，一个人边喝啤酒边吃晚些的早餐"来着。遗憾。

目前，在函馆到札幌的特急列车上发售的特色便当包括用大沼牛做的牛肉便当和长万部的螃蟹便当，都是以当地特色物产为原料制作的"名物"便当，让旅客在搭乘火车的过程中领略沿途的风情。

　　有个很有意思的细节是，这两种便当并不是一上车就可以购买到，而是要先跟列车员预订，等列车到达相应的车站之后，再由该站的工作人员送到列车上。也就是说，假如你从函馆出发，在到达长万部站之前就下车的话，是没办法尝到上面铺着满满一层蟹肉的螃蟹便当的。只有当列车停在除了港口、渔船和渔民的房子以外几乎什么都没有的长万部站之后，列车员才会送来盒子上画着螃蟹的便当盒。打开盖子，里面是铺满红白相间的蟹腿肉的米饭。接下来就可以一边用筷子挖着蟹肉，一边望着车窗外蓝得闪闪发亮的喷火湾，目光追逐着螃蟹捕捞船上方盘旋着的海鸥。长万部这个地方说起来不过是广阔的北海道大地上非常不起眼的一个小站，也没有可以供人观光的风景。但是因为这个火车便当，这个地名就以这种方式长久地留在了记忆里。

　　虽说没有了餐车，啤酒还是可以喝到的，而且是北海道限定的 Sapporo Classic 啤酒。身在北海道就会不由自主地想要喝 Sapporo（札幌）啤酒，可以不考虑其他选择。清冽的啤酒和车窗外一望无际的雪原和冰冷的大海非常般配。

或许正是由于有了这种体验,当我再一次读到《寻羊冒险记》的时候,有一句话就像村上春树脑海里吃炸牛排的隆美尔将军一样,给我留下了深刻的印象。

那是在"我"和耳模特女友去北海道寻找背上有星形图案的羊的旅程中,两人按照海豚宾馆的羊博士的指示动身前往旭川附近的牧场,"我"在从札幌到旭川的列车上边喝啤酒边读《十二瀑镇的历史》。村上春树详细地描述了这本书的内容,竟然写得十分引人入胜。北海道的荒凉与寒冷,艰辛而传奇的拓荒历程,阿伊努族青年被改变的命运……故事正在让人为之揪心的时候,村上春树停下来写道:

读到这里,我合上书,喝一罐啤酒,从旅行包里掏出腌渍鲑鱼子盒饭吃了。③

这句话本身或许只是出于叙述节奏的需要才插进来的,却让我在读到它的时候自然而然地想起了如同红色宝石箱一般明亮的鲑鱼子便当,印着 Sapporo Classic 字样的啤酒罐,窗外耀眼的银白色的雪,伴随着铁轨撞击声不断向后移动但永远空旷的土地……仿佛我正坐在这趟列车的餐车上,一路往传说中的十二瀑镇开去。

假如十二瀑镇真实存在，并且真有去那里的观光列车的话，一定要附设一节餐车啊！

---

① 村上春树：《隆美尔将军与餐车》，载《村上朝日堂》，林少华译，上海译文出版社。

② 村上春树：《餐车上的啤酒》，载《村上朝日堂》，林少华译，上海译文出版社。

③ 村上春树：《寻羊冒险记》，林少华译，上海译文出版社。

京都的炸牛排

虽然和开往巴黎的列车里的炸牛排完全不同,但色彩搭配上绝不输给隆美尔将军的午餐。

带上《寻羊冒险记》和鲑鱼子便当坐上了开往北海道美深町的列车。美深町的仁宇布被认为是《寻羊冒险记》中十二瀑镇的原型。

九州观光列车由布院之森上售卖的高级便当"折鹤"。在列车上边欣赏风景边吃使用了当地食材的特色便当,已经代替餐车成为铁路旅行中激动人心的体验之一。

薄煎饼（Pancake）

《在所有可能找见的场所》里，胡桃泽先生丢掉了因为每个星期日吃薄煎饼而积累起来的十公斤体重。

村上春树做过一次横穿美国大陆的旅行，驾车一直从波士顿沿着北回线公路抵达洛杉矶，一路经过伊利诺伊州、威斯康星州、艾奥瓦州、明尼苏达州、南达科他州、怀俄明州、爱达荷州、犹他州……不走没味道的州际高速公路，而是花大量的时间走当地的干道高速公路，每天大约要开五百公里。

听起来是个非常有趣的计划，但是实际上很大一部分时间竟然可以说是"无聊透顶的旅行"。

一路上没什么有趣的事。老实说无聊至极，不过是看着前方踩加速器，眼望驶过的印象平淡的景色罢了。每天平均行程约五百公里，两人轮换驾驶，住进怎么看都看不出名堂的汽车旅馆，早上吃薄烤饼，中午吃汉堡包，天天如此，周而复始。变化的唯有汽车旅馆：Holiday Inn、Comfort Inn、Best Western、Travelog……①

读到这里的时候，作为读者无论如何也忍不住发出会心一笑。虽然我没有横穿过美国大陆，但那些毫无个性的旅馆（连名字都差不多），以及旅馆所提供的一模一样又惨不忍睹的早餐，实在可以算得上是非常典型的美国特色了。

高级酒店的早餐兴许会好一点，但是这种旅馆能提供的永远只有麦片、吐司、鸡蛋、培根和薄煎饼（当然还会附带黄油、果酱、水果、酸奶、牛奶、咖啡和茶）。而这其中的主角毫无疑问是薄煎饼。

因为薄煎饼大概是其中唯一一种需要用到一点点厨艺的东西。如果有炒蛋或煎蛋卷自然另当别论，但是以旅馆早餐的水准来看，它们需要用到的厨艺程度和薄煎饼不相上下。

美国人，特别是美国小孩，非常爱薄煎饼。如果餐厅里同时涌入两三个带着小孩子的美国家庭，那么餐盘里的薄煎饼很可能迅速就被"劫掠"一空。他们会在自己的盘子里将两到三个薄煎饼叠在一起，再加上两三片硬得纹丝不动的培根，然后拿起旁边的枫糖浆瓶子，豪迈大方地淋上足以覆盖所有薄煎饼的分量。除了枫糖浆，偶尔也会提供巧克力酱，小孩子们便乐不可支地用甜腻的巧克力酱在薄煎饼上涂出稠厚的图案。

说起来薄煎饼的味道并不坏，特别是如果运气好赶上刚刚出炉的，它们飘着黄油的香气，表皮和边缘的部分还带一点点酥脆。和新鲜奶油、水果或是酸奶一起吃味道更好，黄油和枫糖浆会让它变得更甜腻，更符合美国人的口味。和脆培根的搭配则完全莫名其妙，唯一的解释恐怕是为了让坚硬的培根和柔软的薄煎饼形成口感上的冲击。

所以，问题其实并不在于薄煎饼本身，而是日复一日地在早上吃薄煎饼这件事情。

第一天或许觉得味道还不错，第二天兴致勃勃地往上面放蓝莓和酸奶油，第三天为了口味有一些变化只好往上淋一点温吞吞的枫糖浆，第四天一边叹气一边往薄煎饼上放硬邦邦的脆培根，到了第五天……默默看了看薄煎饼，决定转身去烤一片吐司。

好不容易到了周末，决定再不吃旅馆的早餐，出门去找间餐馆吃个早午餐（Brunch），菜单拿过来一看，"薄煎饼配枫糖浆、鲜奶油和当季鲜果"赫然在列，那一刻简直恨不得把薄煎饼这种东西从地球上发射到外太空去。

可是看看身边的美国人，大家都开开心心地吃着薄煎饼。

看着他们拿起手中的枫糖浆瓶子，在堆得高高的薄煎饼上面淋下如同小河一般的枫糖浆时，总会让我想起《且听风吟》里"鼠"的古怪嗜好：

"鼠"最喜欢吃的东西是刚出锅的美式松饼（Hot Cake）。他将几块重叠放在一个深底盘内，用小刀整齐地一分为四，然后将一瓶可口可乐浇在上面。

我第一次去"鼠"家里，他正在暖融融的阳光下搬出餐桌，往胃袋里灌这种令人反胃的食物。

"这种食物的优点，"鼠对我说，"是将吃的和喝的合二为一。"②

薄煎饼的优点也是如此,将所有高糖分、高脂肪、高热量的东西统统聚集在同一个盘子里,然后一口气吃下去,获得来自人类本能的快活之感。

难怪美国是一个肥胖率如此之高,牙医赚钱如此之多的国家。我在心里默默地想。

村上春树也忍不住在小说里吐槽过薄煎饼:

电话打来的时候,我正准备烙薄饼——星期日早上总做薄饼。不去打高尔夫的星期日总是吃满满一肚子薄饼。丈夫喜欢薄饼,还要加上烤得"咔嚓咔嚓"硬的火腿肉。

我心想难怪体重增加了十公斤,当然没说出口。③

这是村上春树《东京奇谭集》的其中一篇《在所有可能找见的场所》,"我"作为侦探,负责替一个女人寻找她固定在星期日早上吃薄煎饼的丈夫。丈夫在吃薄煎饼之前忽然消失了。

二十五分钟后丈夫打来电话,说母亲状态已大体稳定,这就上楼梯回去,赶快准备早餐,马上吃,肚子饿了。听他这么一说,我当即给平底锅加温,开始烙薄饼。火腿也炒了,枫树蜜也热了。薄饼这东西绝对不是做工复杂的品种,关键取决于顺序和火候。

可是左等右等丈夫硬是不回来。眼看着薄饼在盘子里变凉变硬，于是我往婆婆那里打电话，问丈夫是不是还在那里，婆婆说就早走了。④

说句不厚道的话，对于对薄煎饼心怀恐惧的我来说，我觉得丈夫大概正是想到要吃配火腿和枫糖浆的薄煎饼才跑掉的。

当然事实并非如此。丈夫胡桃泽先生是在美林证券公司上班的中年男人，住在品川的高级公寓，戴阿玛尼的金边眼镜，周日打高尔夫球作为消遣，绝不相信世界上有免费的东西。在周末下着雨的早上，即将要回家吃太太做的热乎乎的早餐，这岂不是非常令人艳羡的优裕生活吗？

"我"一边思考着胡桃泽先生的人生和可能的去向，注意力却渐渐集中在了薄煎饼上面。

我甚至想直接去"丹尼兹"吃个薄饼再说。我想起来了，开车来这里的路上看见路旁有一块"丹尼兹"招牌，距离可以从这里走过去。并不是说"丹尼兹"的薄饼有多么美味可口（奶油品质也好，枫树蜜味道也好，都不属于理想档次），但我觉得那也可以忍受。说实话，我也中意薄饼。口腔一点一点涌出口水。⑤

Denny's（丹尼兹）是美国著名的连锁快餐店，以供应典型的美式早餐而闻名。各种大分量的 pancake 算是 Denny's 的招牌之一，两张足有盘子那么大的 pancake，搭配两颗煎蛋和枫糖浆，可以另外加点培根或者香肠。一早起来就将这样一整盘吃下去，到中午也绝对不会感到饥饿。日本 Denny's 里 pancake 的分量就要小很多，而且只配枫糖浆和奶油，早餐套餐里会外加一小碗酸奶水果麦片。

虽然做了这样的改良，但毕竟是连锁家庭餐厅的薄煎饼，口味只要符合标准化的要求就够了，当然味道基本上也只是能达到标准线而已。

胡桃泽先生每天吃的，大概也是这样的薄煎饼吧。毕竟他太太也说，只要顺序和火候对了就可以，人人都能在家做出不输 Denny's 的薄煎饼。穿着致命凶器般的细高跟鞋，拿着 Louis Vuitton 钱包的胡桃泽太太也可以。

可以说，胡桃泽先生是个像薄煎饼一样遵循着既定顺序生活的人。在美林证券、患有焦虑性神经症的母亲和脚穿冰锥一般的高跟鞋的太太所构成的三角形里度过重复的每一天，只要不出差错，如此美丽的生活便得以维系。就连唯一的娱乐也只有每周日的高尔夫球，然而高尔夫球是如此安全的活动，绝不至于像画画这种爱好一样，会令人和高更一样，丢下妻子不声不响就去了塔希提。

薄煎饼就像是这样一个世界的代言人。

于是胡桃泽先生就在即将返回家中吃薄煎饼之前，叹了一口气（大概），然后毫无声息地决定暂时逃离这个薄煎饼世界一段时间。

等到胡桃泽先生被找到的时候，他丢掉的除了那段时间的记忆，还有阿玛尼眼镜和十公斤的体重。

那大概就是他暂时逃离了这个世界的证明吧，抛弃了象征着金钱和地位的阿玛尼眼镜，也丢掉了因为每个星期日吃薄煎饼而积累起来的十公斤体重。

话说，如果真能因此丢弃薄煎饼和十公斤体重的话，想必许多人都会想要找到那道门，或者说类似门的东西，在所有可能找见的场所。

---

① 村上春树:《横穿美国大陆》，载《边境 近境》，林少华译，上海译文出版社。

② 村上春树:《且听风吟》，林少华译，上海译文出版社。

③④⑤ 村上春树:《在所有可能找见的场所》，载《东京奇谭集》，林少华译，上海译文出版社。

淋上枫糖浆的薄煎饼配新鲜奶油、水果和培根。

培根的存在怎么看都有点格格不入。

高级冰淇淋

你能迅速在 31 种口味冰淇淋中准确说出自己想吃哪一种吗?《世界尽头与冷酷仙境》中图书馆女孩的选择是咖啡朗姆和开心果。

既然写到 Dunkin'Donuts，就顺便说一下冰淇淋好了。或许很多人不知道，美国乃至世界上最大的冰淇淋连锁店 Baskin-Robbins（芭斯罗缤，又称 31 冰淇淋）与 Dunkin'Donuts 同属一家 Dunkin 品牌公司。

这家同时拥有上千家甜甜圈和冰淇淋连锁店的公司可以说是一家邪恶的脂肪制造工厂。与甜甜圈一样，美国人永远无法抗拒冰淇淋的诱惑。有趣的是，除了美国本土之外，Baskin-Robbins 门店数量最多的国家竟然是日本。

"我想对你表示一点私人的谢意，你喜欢什么？"

"对面有'31 冰淇淋（Baskin-Robbins）'，能买来一支？双头甜筒，下边是开心果，上边是咖啡朗姆——可记得住？"

"双头甜筒，上边是咖啡朗姆，下边是开心果。"我确认一遍。①

这是《世界尽头与冷酷仙境》中，"我"为了查阅关于独角兽头骨的书籍，与图书馆女孩初次打交道时的谈话。

女孩迅速而明确地指出了自己喜欢的冰淇淋口味，感觉上是个性格爽朗明快的女孩子。

至少我自己对于冰淇淋的口味是有选择困难症的，即便只有基本的草莓、巧克力和香草三种选择，有时也难以决定到底想要吃哪一种，更别说是面对 31 种口味的时候了。

据说 Baskin-Robbins 冰淇淋的创始人正是认为人人都应该拥有选择不同口味的机会，才将一个月 31 天每天都能吃到不同口味的冰淇淋作为品牌宗旨，并且经年累月不断努力开发着新的口味，到目前为止已经拥有了 1000 多种口味的冰淇淋。

这个数字已经足以令人叹为观止了。更有趣的是，Baskin-Robbins 新口味的灵感常常来源于一些有轰动效应的时事新闻或者娱乐热点。比如时下菜单上仍然在售卖的 Baseball Nut 口味，源于 1957 年道奇棒球队将主场自纽约布鲁克林迁至洛杉矶时的庆祝活动。或是名字同样令人摸不到头脑的 Miami Vice 口味，其实是为了配合电影《迈阿密风云》的热播。虽然根本想象不出是什么味道，但是至少让人产生了想要尝试一次的冲动。

这种将饮食与文化成功关联起来的概念，大概也是这个品牌成功的原因之一。

村上春树在《碎片，令人怀念的 1980 年代》这本杂文集中也罕见地谈到了冰淇淋这一话题，恐怕也是由于关于冰淇淋产业的新闻在某种程度上反映了美国乃至日本的当代潮流吧。

《碎片，令人怀念的 1980 年代》是村上春树从 1982 年到 1986 年之间在《运动画刊》杂志上的连载作品集。文章内容大部分和运动几乎没有什么关联,只是从杂志社寄来的各种美国杂志和报纸(诸如《君子》《纽约客》《滚石》以及周日版的《纽约时报》,等等)中找出自己觉得有趣的报道,然后写下相应的文章。现在的读者读起来,必然会发现其中有许多反映时代变迁的内容,比如《麦田守望者》热卖三十周年,凭借电影《洛奇》系列跃入巨星行列的史泰龙,参加迈克尔·杰克逊模仿秀的年轻人……当然还有当时冰淇淋产业的发展趋势。

以上种种二十世纪八十年代的往事,虽然我并没有亲身经历过,不过那些潮流的发展对我来说也并不陌生。毕竟在那个年代,全球的流行文化都是从美国(或者欧洲)开始,经由日本,进而扩散到中国港台地区,最后才慢慢在我们身上显示出其影响力来的。譬如史泰龙和迈克尔·杰克逊,在二十世纪九十年代依然风靡一时。甚至有些潮流——例如人们对于高级冰淇淋的追求——一直到现在都还是如此。

这也正是这本杂文集现在读来仍然会让人觉得有趣,并且常常会让人发出会心一笑的原因。村上春树在《高级冰淇淋》一篇中就这样写道:

就像牛仔裤经由设计师的品牌设计走向高级化一样,冰淇淋只是廉价儿童点心的时代已经不知不觉结束。

在这样的情况下，消费者中追求最高级的冰淇淋并支撑着这个市场的，就是所谓的雅痞一代。以年龄而言，是二十五岁到四十五岁、享受意识比较高的白领阶层。②

这不正很好地解释了时下冰淇淋厂商拼命宣传自己所使用的是地道原材料的行为吗？因为目标客户是有一定消费能力又注重生活品质的人群，所以各种以"高级"为卖点的冰淇淋层出不穷：巧克力必须是来自比利时的，抹茶必须是来自京都的，奶油必须是来自新西兰的。同时又挖空心思开发低脂、无糖的配方，毕竟这个阶层的人群对于发胖两个字都异常敏感。

不过我觉得冰淇淋的消费量并没有因此而减少。走在美国街头，冰淇淋店门口依然大排长龙，最受欢迎的也并非看起来稍微健康一些的水果口味，反而永远是热量奇高的奶油啦，巧克力啦，还要再额外加一勺焦糖、两片曲奇，或者一把榛子。

《寻羊冒险记》中"我"独自一人在北海道的别墅中等待"鼠"出现的时候，在午后三点无声的孤独中，吃了浇上君度橙酒的榛子冰淇淋。每次读到这里的时候，我都很想出门买冰淇淋和君度橙酒回来自己试试看。虽然村上春树在下一节里就写道：

我开始再次发胖。③

明知道吃下去要发胖，可就是没有办法抵抗它的诱惑。冰淇淋的风靡之势，无论在二十世纪八十年代还是以后很多年里，恐怕会一直这样持续下去吧。

这就像啤酒之于我一样。④

最后，村上春树还不忘补上这样一句。作为读者的我也不由得跟着连连点头。

---

① 村上春树：《世界尽头与冷酷仙境》，林少华译，上海译文出版社。

②④ 村上春树：《高级冰淇淋》，载《碎片，令人怀念的1980年代》，施小炜译，南海出版公司。

③ 村上春树：《寻羊冒险记》，林少华译，上海译文出版社。

意大利冰淇淋 Gelato 可以说是高级冰淇淋的代表。

传统手工制作,使用新鲜水果和牛奶,脂肪含量低,令人无法抗拒。

三种口味的 Gelato 蛋卷

如果面对多种冰淇淋口味实在选择困难不知道要选哪种口味的话,就干脆一次性多选几种。

托斯卡纳小镇圣吉米尼亚诺的 Gelato 据说是得过世界冠军的冰淇淋。

在意大利吃意大利面

曾经旅居意大利的村上春树向您推荐西西里的沙丁鱼通心粉和墨鱼汁细扁面。

村上春树的旅行随笔总是能将我深深吸引。

前几年去意大利旅行，回来之后翻出《远方的鼓声》重读，简直分分钟要笑出声：这正是我所喜欢的那个意大利嘛！他不写那些数不清的辉煌建筑，也不写博物馆里琳琅满目的艺术品，反而专注于在广场上享受着灿烂阳光悠闲愉快的人群，便宜但香气浓郁的葡萄酒，浓妆艳抹动作夸张的电视台主持人，台伯河畔市集上丰富多彩的海鲜和蔬菜。然而恰恰是这些片段和细节，较之教科书般的大教堂，更能让人回想起活色生香的意大利和意大利人，想起在意大利度过的美妙时光。

《远方的鼓声》里写的倒不全是美好的体验。毕竟村上春树并非作为旅行者，而是作为居民在意大利度过了不短的时光。从长期生活的角度来说，无论是在罗马还是西西里，城市的破败、治安不佳、交通不便、行政效率低下等等令人不愉快的事情便渐渐浮上水面，令人深感头痛。用村上春树本人的话说："这里所写的意大利这个国家让我相当气恼，离开时再也不想去了，而在三四年过后的现在却十分怀念，种种景致和男女在脑海中浮现出来，一种期盼随之高涨：啊，那里还想去一次！那东西还想吃一次！"

说起吃的东西，那大概是对于旅居意大利的村上春树来说，唯一无可挑剔的东西。即便是在一切都不尽如人意的西西里巴勒莫，餐馆里的意大利面也给他留下了极为深刻的印象，尤其是西西里的沙丁鱼通心粉和墨鱼汁细扁面。

西西里的沙丁鱼通心粉与意大利其他地方的通心粉截然不同。在用洋葱炒过的沙丁鱼里加上松子、茴香和葡萄干，最后洒上炸面包屑代替奶酪。这种充满异域风情的搭配正是独一无二的西西里特色，据说是融合了曾经统治西西里岛的阿拉伯人的烹饪风格，味道别具一格。

墨鱼汁细扁面虽然在哪里都能吃到，不过西西里岛的墨鱼汁细扁面"并非普普通通的墨鱼汁通心粉——往堆积如山的细扁面上大淋特淋墨鱼汁"，墨鱼汁的浓度也非常具有冲击力，无论如何也值得一试。

身为读者的我，此时早已把书中提到西西里的种种不好忘得一干二净，光是独特的意大利面已经令我很想要亲自去一次西西里岛。

尽管意大利面早已成为风靡全球的食物，自己煮意大利面也不是难事，不过真正去意大利吃一次意大利面，还是不免会有好吃到令人震惊的感觉。不必专门去旅行指南推荐的高级餐厅，即便是街头看起来普普通通的家庭餐馆，也能端出令人精神为之一振的意大利面。手工做的新鲜面条湿润又富有弹性，橄榄油给得大大方方，清新的香气十足，调味料克制而恰到好处，令人觉得简单清爽又富有回味……诸如此类种种原因，或许都不是意大利本土意大利面之于世界其他地方意大利面的根本性区别。最核心的区别在于，意大利人天生有一种"自己的故乡最好，母亲做的意大利面最好"的理所当然之感。带着这样的气势烹饪意大利面的厨师，以及端出意大利面的服务生，共同构建了一种"吃意大利面当然要来意大利"的气氛。

这一点在意大利街头的小餐馆表现得尤为明显。从餐馆老板到服务生，都对自家出品的菜色相当有信心。当你从好不容易记住的表示不同意大利面的单词中选出一个，服务生都会点头对你的选择表示赞许。而胖胖的老板则会在你嘴角还粘着浓厚酱汁时走到桌旁问："你喜欢这味道，对吧？"你一边忙着用餐巾纸擦嘴一边连忙点头，老板便心满意足地用大拇指指向自己说："我们家的意大利面是最好的。"

当然不止一个老板会这么说，也不管你点的是蛤蜊大蒜细面、博洛尼亚肉酱面、千层面，还是蛋奶培根宽面。不过确实可以说，无论哪一种意大利面，都令人惊讶比之前吃过的好吃。番茄也好，奶酪也好，橄榄油也好，全部是用随处可见的食材做成的意大利面，味道却无一不是醇厚入味，而且有一种出人意料的冲击力。

唯一一次例外是在苏莲托。苏莲托是那不勒斯往南的一座沿海小城，一些参观完庞贝古城的游客会到这里停留一晚。入夜，游客都会聚集到海边来，在小餐馆里喝一杯葡萄酒，眺望远处的维苏威火山和海湾对岸那不勒斯的灯火。我们也在一间小餐馆坐下来，点了一份当地特色的鳀鱼比萨饼和柠檬西葫芦意面。有点上了年纪的服务生意味深长地"嗯"了一声之后问道："女士，你确定要点这个意面吗？它里面……嗯……有柠檬……很多很多柠檬。"我有点好奇，柠檬不是苏莲托的特产吗？服务生点点头，没错，但是……他再次欲言又止，试图用眼神向我传递"我建议你最好不要点，但我不知道该怎么说，希望你能理解我"这样复杂的信息。

然而我还是抑制不住自己的好奇心，决定点来一试。果然是用非常新鲜而浓郁的柠檬汁做成的金黄色酱汁，裹在被称作意大利土豆面疙瘩（Gnocchi）的小面团外面。然而那酸度已经不仅仅是"有冲击力"，而是足以让人眉头都皱起来的程度。在初尝了苏莲托柠檬的滋味之后，无论如何都没办法将整整一盘吃完。还好服务生也很识趣地没有跑过来问我到底喜不喜欢苏莲托的柠檬。

还好后来在罗马又吃到了很美味的海鲜 Gnocchi，才没有对这种小小的意大利团子留下不该有的偏见。村上春树曾经热情地推荐过 Gnocchi 这种普通而奇妙的食物，甚至专门从罗马北上博洛尼亚，去自己偏爱的餐馆点 Gnocchi 来吃。

意式疙瘩汤并非博洛尼亚的特产，但寒冷季节在大雾笼罩的博洛尼亚"哈唏哈唏"吃起热气腾腾的疙瘩汤来，那种感触却是很难替代的。疙瘩汤这东西是一种奇妙的食物，我想再也没有这么容易做的食物了，然而味道的好坏判然有别。唯其是真正的平民风味，其中也就格外含带有某种心情。①

这种心情大概就是意大利面一定要在意大利吃的原因，是只有在意大利才能体会到的，由意大利面这种平凡而美味的食物所引起的情思。

每次我回想起在苏莲托的旅行，首先想起来的不是那不勒斯湾的美丽夜景，而是那用苏莲托的柠檬汁做成的酸味毫无折扣的 Gnocchi，口中似乎也会不由自主地跟着分泌出唾液来，然后才想起地中海明媚艳阳下的小城苏莲托。

如此深刻的记忆或许已经超出了用味道好坏来评价的范畴。总之一言难尽，如果有可能的话，还是亲自来到意大利吃一次意大利面就会明白了。

---

① 村上春树：《远方的鼓声》，林少华译，上海译文出版社。

意大利街头随便一家餐馆都能端出新鲜制作的意大利面,口感和香气与干意大利面完全不同。

在阿马尔菲吃西西里风味的炸海鲜,搭配意式饺子和博洛尼亚肉酱面。美味程度令人相信村上春树推荐的西西里意面味道一定错不了。

苏莲托的柠檬西葫芦意面

使用了意式面疙瘩（Gnocchi），加入大量新鲜柠檬汁。无论味道如何，绝对是只有在意大利才能吃到的风味。

PART 4 村上小酒馆

Murakami Bistro

柿种花生

吃柿种花生的时候必须尽可能平衡地对待柿种和花生,就像在《一九七三年的弹子球》里『我』和双胞胎平均地分吃三种口味的曲奇。

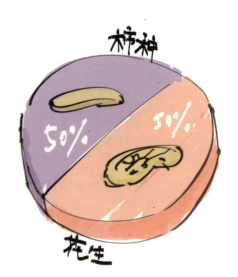

村上春树说自己一吃柿种花生就停不下来，特别是搭配啤酒的时候。他将其称为"半永久性运动"或者"类似半永久性运动"那样的东西，甚至想给发明柿种和花生这种组合的人发诺贝尔奖。

柿种是一种米果，也称为仙贝。日本人对大米的热爱也延伸到零食的领域，形形色色的米饼啦，仙贝啦，多得数不胜数。最传统的仙贝是酱油口味的，后来也发展出海苔、梅子、奶酪等许多种口味，不过酱油味还是最常见的，甚至到了被称为"原味"的地步。所以，原味柿种就是半月形状的小型酱油味米饼。除了原味，在国内还能买到辣味的柿种花生，这两种口味估计是最受欢迎的。

柿种到底为什么会和花生放在一起？很大的可能性是因为这东西一开始就是以下酒菜为卖点的。柿种最早诞生于日本的新潟县，新潟可是以出产上等的日本酒而闻名的地方啊。

只不过村上先生吃柿种花生搭配的是啤酒。出于众所周知的原因（年轻时喝太多），村上几乎不喝日本酒，啤酒和威士忌是他的最爱。好在柿种花生作为下酒菜无论和什么酒都能搭配起来。

村上春树曾经在十月初秋雨飘零的夜晚，和文艺刊物编辑一起去神宫球场，一边吃着柿种，一边看养乐多燕子队和中日队的预赛。"世界上最凄凉的行为，没有比这个更凄凉的了。"村上先生如是说。

可不是嘛，在神宫球场看棒球比赛当然要吃热乎乎的香肠和美式薯条啊。想象一下和编辑两个人坐在球场里"咯吱咯吱"吃着酱油味的日本米果，还真是有点凄凉啊。

据说柿种之所以做成柿子种子的形状，是由于机器的椭圆模具变形导致的意外。模具为什么会突然变形呢？如果没有变形，和花生仁形状差不多的椭圆形米果便无法称之为柿种，也无法与花生成为默契的搭档。而且似乎没有单独卖的柿种，仿佛单独存在的柿种和柿种花生里的柿种根本就不是一种东西。或许只能解释为，是宇宙间某种命中注定的偶然性造就了细长的柿种和圆胖的花生这一对如相声搭档一般的组合。

既然是不可分割的组合，村上便强制自己平衡地对待柿种和花生。也就是说吃的时候不能光吃柿种或一个劲地只吃花生，必须按照一定的比例来吃。

可是，吃柿种花生的时候，我以最大努力克制自己内在的欲望，而尽可能公平地对待柿种和花生。半强制性地在自己心目中确立"柿种花生分配体制"，在这一特殊体制之中寻找乖僻而微小的个人信息。并且再次确认这样一种世界观：世上有辣东西有甜东西，而这要互相配合以求生存。①

这种富有哲学性的饮食习惯不光体现在吃柿种花生上，在

《一九七三年的弹子球》里,村上就表达过他对这种平衡性的追求。

> 我们在水库岸边停住车,坐在水中喝热水瓶里的咖啡,吃双胞胎买的曲奇。曲奇分咖啡、奶油霜和枫糖浆三种。为了一视同仁,我三种都吃,且平均地吃。②

这是小说中"我"和双胞胎女孩在去水库为配电盘举行"葬礼"时的事情。在持续地下着雨的阴冷的星期天,我们开车去山上将废弃的老式配电盘扔进水库,并为其念康德的文章作为悼词。这件看似荒谬的事情被村上灌注了哲学式的人生意义,一如他追求一视同仁地吃曲奇或柿种花生一样。

然而这种比例会因为另一个人的加入而被彻底破坏,这个人就是只吃柿种的村上太太。因此暴露出柿种花生的一个致命问题:"一旦有他者介入,柿种与花生的减少比例就彻底失常"。

我自己也喜欢柿种而不喜欢花生。花生热量太高,吃多了又容易上火,不像柿种这样人畜无害。"不过是颗小小的酱油味米果嘛,又不是油炸食品,就算多吃几颗也不会发胖吧。"当然,抱着这样的想法,最后还是会不知不觉地吃下一整包柿种,热量什么的自然还是被抛诸脑后。

我坚信世上还有很多在柿种花生中只喜欢柿种的人。《深夜食堂》里有一话关于柿种花生的故事,讲的就是每次去深夜食堂点柿种花生却只吃柿种的关绘小姐遇到了喜欢吃花生的甲子郎先生,两人一拍即合。与其一个人孤零零地吃着柿种,还是有另一个人配合着吃花生比较好吧。这样也就不用强迫自己平均地吃柿种和花生啦,村上先生。

说不定柿种必须和花生搭配在一起就是为了让大家找到和自己匹配的另一半呢,那是宇宙间某种命中注定的偶然性啊。

---

① 村上春树:《柿籽花生》,载《村上广播》,林少华译,上海译文出版社。

② 村上春树:《一九七三年的弹子球》,林少华译,上海译文出版社。

去酒吧喝威士忌的时候如果得到附赠的一小碟柿种花生会很开心。不过想要作为零食吃个痛快的话最好还是自己买一包回家,配威士忌或啤酒都很好。

天上的血腥玛丽

《舞！舞！舞！》中的由美吉一边喝着血腥玛丽，一边向『我』讲述了自己在海豚宾馆里令人窒息的恐怖经历。

一般在国内的短途飞行时不会太在意，但是一旦要出国旅行坐国际航班的时候，航空公司的餐饮水平就变成了一个重要的问题。

我喜欢意大利航空，因为他们提供足够美味的葡萄酒。在芳醇的酒香里迷迷糊糊地睡去，是能让长时间飞行变得不那么痛苦的好办法。

在这一点上，村上春树的追求显然更高一些。他认为，既然好不容易去海外旅行，"其中应该需要某种有喜庆色彩的东西"，所以不点平时经常喝的啤酒或者威士忌，然而点鸡尾酒又未必能做得好喝，"于是血腥玛丽就成了最后的妥协方案"。

这么说似乎对于血腥玛丽不太公平，如果被血腥玛丽本人知道了，大概心情会很糟糕吧。不过这种以掺了伏特加的番茄汁为主要原料的鸡尾酒，受欢迎的原因之一，恰恰是因为它可能算是一种"非典型"的鸡尾酒。第一次在酒吧喝到血腥玛丽的时候，确实觉得十分诧异。单从味道上来说，这东西很难归入"酒类饮料"的范畴。

往玻璃杯里放入冰块，把伏特加用番茄汁稀释之后，滴上一滴调味汁，再轻挤柠檬汁淋上去。细说起来是说不完的，总之要领是这么回事。[①]

那调味汁就是血腥玛丽奇特味道的所在。一般来说，调味汁的配方里包括盐、Tabasco（塔巴斯科）辣椒酱、胡椒粉和黑醋酱汁。不同的调酒师使用的各种调料的比例不尽相同，有些还会加入姜泥、芥末或是墨西哥辣椒圈，十分呛辣过瘾。

虽然一开始觉得有点怪异，但那味道多喝几口之后竟然会让人觉得清爽而富有回味。特别是如果你不喜欢那些甜腻腻口感的所谓"女性鸡尾酒"，而又不想喝烈酒时，血腥玛丽会是非常不错的选择。

而且血腥玛丽的调制方式非常简单，不用什么摇杯，如果连搅拌棒也没有，就干脆拿一根芹菜代替好了。

小说《舞！舞！舞！》里，"我"就曾经只用伏特加、番茄汁和冰块调配了两杯血腥玛丽，与海豚宾馆的服务生由美吉一起躲在房间里喝个痛快。虽然没有柠檬和Tabasco辣椒酱，也可以勉强算得上是血腥玛丽。

由美吉喜欢血腥玛丽，和"我"第一次在札幌约会时便点了血腥玛丽。在血红色的鸡尾酒映衬之下，她向"我"讲述了她在海豚宾馆里令人窒息的恐怖经历。

抛开用来衬托恐怖气氛的作用不说，血腥玛丽倒是很适合作为佐餐鸡尾酒，酸酸辣辣的番茄汁配合牛排或是肉类料理能够消解油腻感，激发食欲。也许你会说，那这样说来，完全可以点一道西班牙番茄冷汤来代替嘛。

可是，总有那么一些时候，人是需要喝酒的啊。

《且听风吟》一书中"我"与意外结识的少一根小指的女孩虽然一开始闹得不怎么愉快,不过后来她终于答应和"我"一起去杰氏酒吧喝酒。

两人在杰氏酒吧见面时,女孩正"用吸管在冰块融化殆尽的姜汁汽水里来回搅拌"。

姜汁汽水一般用来作为啤酒的替代饮料。女孩一边说起并不愉快的家庭故事,一边来来回回地用吸管搅拌着姜汁汽水。显然,她并不喜欢什么姜汁汽水。

"喂,你干吗喝什么姜汁汽水?"我问,"总不至于戒酒吧?"
"呃……倒有这个打算。算了。"
"喝什么?"
"冰透的白葡萄酒。"②

父亲因为脑瘤死去,受尽痛苦,家里也分文不剩,母亲离家远走,和唯一的双胞胎妹妹也不再来往。讲出这些事情的时候,就是所谓的"不得不喝酒"的时刻。

当有了冰凉凉的白葡萄酒,女孩便能够坦然地讲起自己失去的手指。

两人的关系因此渐渐亲密起来,她邀请"我"去家里吃炖牛排,并告诉"我"她要离开一个星期。

女孩再次回来的时候，两人去了港口附近一家小餐馆，饭后点了血腥玛丽和波本威士忌。女孩喝着血腥玛丽，思考着关于死的问题。而后两人沿着仓库街散步，穿过野草茂密的港湾铁道，在没有人影的防波堤上坐下，一同望着大海。女孩不知什么时候开始默默哭泣。

实际上我们都知道，女孩离开的那一个星期里，其实是去做了人工流产手术。所以她之前在杰氏酒吧才喝无酒精的姜汁啤酒，而回来后也不该喝什么酒。

不过，对于女孩来说，那想必就是另一个"无论如何都需要喝酒"的时刻。

好久没有感觉出夏日的气息了。海潮的清香，遥远的汽笛，女孩肌体的触感，洗发水的柠檬味儿，傍晚的和风，缥缈的憧憬，以及夏日的梦境……

然而，这一切宛如挪动过的复写纸，无不同原有位置有着少许然而是无可挽回的差异。③

在荒芜而孤独的夏日夜晚，彷徨无措的女孩需要的是血腥玛丽和"我"的陪伴。尽管两者并不能解决所有的问题，但是至少能让人痛痛快快地流下眼泪。

就像"我"和"鼠"在那个夏天的杰氏酒吧里喝掉了"足以

灌满 25 米长的游泳池的巨量啤酒"一样，非如此不可，否则"我们是不会撑过这个无聊的夏天的"。

那种时候，幸好有血腥玛丽。

后来两个人相拥而眠，这样的回忆也成为两人最后的告别。

小说到这里为止便没有再继续写下去，不过我倒是忍不住想，醒来之后的女孩，或许也想要再喝一杯血腥玛丽吧。

一个人的夏日清晨，女孩一边回想着"我"昨天晚上留下的最后一句话"风头总是会变的，总有一天"，一边从冰箱里拿出凉凉的番茄，切成块放在榨汁机里打碎，倒入放有冰块的玻璃杯里，兑入伏特加，撒上盐和黑胡椒，滴入辣椒酱，用一根芹菜杆搅拌均匀，再挤上柠檬汁。然后站在敞开的窗边，看着晨光里渐渐亮起来的海港，潮湿的海风吹在脸上，清新爽口的血腥玛丽流过喉咙，在唇角留下新鲜植物的气息。

于是女孩鼓起勇气，开始在新的一天里努力生活下去。

那或许是另一个最适合喝血腥玛丽的时刻吧。

而我，则希望能在国际航班的飞机里，一边重新读着《且听风吟》的故事，一边喝着空乘人员端来的美味可口的血腥玛丽。

---

① 村上春树:《天上的血红玛丽》，载《村上广播》，林少华译，上海译文出版社。

②③ 村上春树:《且听风吟》，林少华译，上海译文出版社。

搭配酸黄瓜、橄榄和珍珠洋葱的血腥玛丽

如果想从阳光明亮的中午就开始喝酒的话,血腥玛丽是早午餐的好搭档。

美味鸡尾酒的调法

「没有才能是调不出美味鸡尾酒的。」《国境以南 太阳以西》中的酒吧老板初君如是说。

村上春树小说里出现的鸡尾酒，仿佛是在向他喜欢的作家致敬一般。

《且听风吟》中"我"在杰氏酒吧边喝啤酒边等"鼠"的时候，遇到一位喝螺丝起子（Gimlet）鸡尾酒的女性。

大约过了10分钟，扣着一对葡萄柚般的乳房、身穿漂亮连衣裙的30岁模样的女子进来，在同我隔一个座位的地方坐下，也像我一样环视一圈之后，要了Gimlet鸡尾酒。[①]

螺丝起子是雷蒙德·钱德勒小说《漫长的告别》中最常出现的鸡尾酒。侦探马洛和特里·伦诺克斯经常一起在酒吧喝螺丝起子。特里·伦诺克斯对酒非常有研究，他给出的"真正的螺丝起子"的配方是：只是一半金酒加罗丝牌青柠汁，不加别的。他认为这样调配出来的螺丝起子，远胜经典的金酒鸡尾酒马提尼。这杯真正的螺丝起子就像是特里·伦诺克斯优异品位的象征。马洛和他偶然相遇，对彼此尚且知之甚少，却因为一起在酒吧喝螺丝起子的时光而成了真正的朋友。两人都喜欢在酒吧刚刚开门的时候光顾，那时桌椅整洁，空气凉爽干净，吧台后面的酒瓶和玻璃杯闪闪发亮。马洛与特里在安静的酒吧安静地喝上一杯螺丝起子，是值得怀念的美好时光。

相比起来，杰氏酒吧的环境倒是没有那么好，"香烟味儿、威士忌味儿、炸马铃薯味儿，以及腋窝味儿、下水道味儿，如同年轮状西餐点心那样重重叠叠地沉淀在一起"。喝螺丝起子的成熟女性则在反反复复地打电话、拿手袋、钻厕所。所以"我"并没有和这位喝螺丝起子的女人发生一些什么，而是趁她打电话的时候逃之夭夭。实在可惜。

《国境以南 太阳以西》中"我"在爵士酒吧里喝的代基里，曾经被记录在菲茨杰拉德的小说处女作《人间天堂》里。代基里的配方也很简单，白朗姆酒加橙汁或柠檬汁，和冰块一起摇匀后倒在沾上砂糖的酒杯里。村上春树把它用在了"我"在酒吧中再次遇见岛本的时刻：

十一月初星期一的夜晚，我在自己经营的爵士乐俱乐部（店名叫"罗宾斯·内斯特"，取自我喜欢的一首古典乐曲名）的吧台前，一个人静悄悄地喝代基里。②

当时"我"穿着阿玛尼的衬衫，打着阿玛尼的领带，岛本穿着蓝色丝绸连衣裙，两个人都已经是优雅的成年人。我喝代基里，岛本也喝代基里，久违的两人在荡漾着酸甜芬芳的朗姆酒气息中回忆着曾经的往事，氛围十分美妙，又带着些许的伤感。

岛本喝干代基里，把杯子放在台面上招呼调酒师，接着问我："嗳，没什么拿手鸡尾酒？"

"独创的鸡尾酒有几种。有一种名称和店名一样——'罗宾斯·内斯特'。这个评价最好。是我琢磨出来的，底酒是朗姆和伏特加，口感虽好，但相当容易上头。"

"哄女孩子怕是正好。"

"跟你说，岛本，你好像不大晓得，鸡尾酒这种饮料大体上还真是干这个用的。"③

这种以店名命名的鸡尾酒"味道十分微妙。不甜，也不辣，简单清淡，却又有类似纵深感的东西"，就像是初君和岛本之间的感情一样，在一般人眼里看起来不过是小时候一起听唱片的交情，但是只有两人自己明白，那是令两颗寂寞的灵魂感到彼此渴求的深刻情感，是没有过类似经历的人很难获得共鸣的情感。

许多人去鸡尾酒吧或许推崇说出自己偏好的口味或心情，然后让调酒师随意调一杯酒的点单方式。而我一次也没有这么做过。因为我始终认为口味或是心情那种东西是很难说清楚的。总体来说我喜欢不太甜、味道层次分明而不单一的鸡尾酒，并没有特别偏好的基酒或味道。这种模糊的描述如果遇到不称职的调酒师很有可能被对方自以为是地调出一杯莫名其妙的东西来。而称职的调酒师则会推荐自己拿手的马提尼（Martini）或是曼哈顿（Manhattan），总之是非常经典的鸡尾酒，和我自己通常会点的没什么两样。

不过就算配方相同的经典鸡尾酒，也还是会有好喝和不好喝之分。毕竟影响鸡尾酒味道的因素很多，从冰块的大小、形状、放置方式到所使用的柠檬汁和苏打水的品牌，都有微妙的影响。村上春树本人喜欢用伏特加做基酒的鸡尾酒，因为伏特加本身基本没有味道，所以即便是微妙的灵感，也会"奇妙地让味道产生变化"。

灵感这种东西说起来未免太抽象了。那么，想要获得令人精神为之一振的鸡尾酒到底有没有秘诀呢？村上春树的答案是：付出相应的努力。

"比如什么努力？"

"比如他，"我指着以一本正经的神情用破冰锥鼓捣冰块的年轻漂亮的调酒师，"我给那孩子很高很高的工资，高得大家都有点吃惊，当然我是瞒着其他员工的。为什么只给他那么高的工资呢？因为他具有调制美味鸡尾酒的才能。世人好像不大晓得——没有才能是调不出美味鸡尾酒的。当然，只要努力，任何人都能达到相当程度。作为见习生接受几个月训练，都会调出足可以端到客人面前的东西。一般酒吧里的鸡尾酒就是这个程度的，这当然也行得通，可是再往前一步，就需要特殊才能了。这和弹钢琴、画画、跑百米是同一回事。我本身也调得出相当不错的鸡尾酒，下工夫琢磨、练习来着，但横竖比不上他。即使放同样的酒花，同样的时间，同样摇晃配酒器，出来的味道也不一样。什么道理不晓得，只能说是才能，同艺术一个样。那里有一条线，有人能越过有人不能越过。"④

这个答案是村上春树自己开爵士酒吧时得到的结论。在成为小说家之前，村上春树自己"经常咔啦咔啦地摇着调酒器调制鸡尾酒"，也曾经培训新店员，教他们鸡尾酒的调法，"其中既有怎么练也练不出来的人，也有刚一上手就能调出美味鸡尾酒的人"。于是他将这一经验写进了小说之中。有趣的是，很多人并不相信，并且遭到批评家的批评："实际上不可能存在这种东西。"小说里当然大部分都是虚构的，只不过难得放进一些非虚构的内容，反而被人认为是一派胡言，令村上春树也觉得哭笑不得。

同样，当有人问村上春树，到底什么样的人才能成为小说家，村上春树也给出了相同的答案：

"那里有一条线，有人能越过而有人不能。我只是在写完《且听风吟》之后发现自己刚好拿到了入场券。"

这不能不说是一个非常伤感的答案，也难怪有人不愿意相信。

不过也不用过于担心，世上的人有各种各样的才能，只要找到能以自己独特才能做到的事情就好了。十二岁的岛本因为腿有残疾，不能和其他小孩一起玩耍，而且只知道看书，不想对别人敞开心扉，又因为外貌出众，常常被人认为是"精神扭曲的傲慢女子"。岛本自己对于这一切又不愿意辩解，所以逐渐封闭了自己的内心，变得异常孤独。以通常的眼光来看，无论如何也不能说岛本具有与人交往的才能。然而初君却在与岛本的交往之中自然而然地被她所吸引，并且在很多年以后才意识到，岛本依然是没有任何人可以取代的能够填补自己人生空洞的存在。

初君对于岛本来说也同样如此，就像岛本所说："喝哪里的鸡尾酒都跟在这里喝的多少有所不同。"

我想，大概是因为那杯和店名相同的"罗宾斯·内斯特"鸡尾酒是出自初君的独创吧。和初君一样，对于岛本来说，它是独一无二的存在。

对我来说，去陌生的鸡尾酒吧点一杯完全符合心理预期的鸡尾酒还是太冒险了一点。毕竟基本上不太可能会像小说中的岛本那样遇到心意相通的调酒师。不过，下次或许可以试试点一杯代基里。

---

① 　村上春树:《且听风吟》，林少华译，上海译文出版社。

②③④ 　村上春树:《国境以南 太阳以西》，林少华译，上海译文出版社。

傍晚在纽约的墨西哥餐馆里喝螺丝起子（Gimlet）。

美国餐馆里有很多人喜欢在正式开始吃晚餐前点一杯鸡尾酒，简单清爽的螺丝起子是其中的经典之一。

用伏特加和姜汁啤酒调配的莫斯科骡子。

村上春树本人喜欢用伏特加做基酒的鸡尾酒,据说还自己发明了用巴黎水和伏特加调配的"西伯利亚特快"。

有蓝带啤酒的风景

《且听风吟》里「我」和「鼠」在夏天喝掉的足以灌满25米长的游泳池的巨量啤酒是什么牌子的？

村上春树小说里的人喝的都是什么牌子的啤酒呢？

这是我一直以来都非常好奇的问题。说起来有点奇怪，小说里面每次写到啤酒的时候，几乎从来不提啤酒的品牌。对于啤酒，大家似乎都没有什么特别的要求，无论是自动售货机里买来的罐装啤酒，还是酒吧里端上来的瓶装啤酒，只要是冰得十分彻底的啤酒就好。

后来去过日本才明白，大部分日本啤酒在味道上的差别并不特别明显。日本的啤酒市场基本上被四大啤酒厂商占据。最为常见的是朝日（Asahi）和麒麟（Kirin），只要在餐馆点生啤，端上来的差不多都是这两种之一。其次是三得利（Suntory）和札幌（Sapporo），前者常常以较低价格出现在便利店或自动贩卖机里，后者则价格略高并带有一些北海道的异域风情。虽然价格上有所不同，不过并非需要刻意留意钱包深度的那种差异。在餐馆喝啤酒的时候，一般很少有人特别指明要哪一种啤酒，也不会因为想喝某种啤酒而光顾特定的餐馆。村上春树本人最喜欢喝的是朝日旗下的舒波乐（Super Dry）黑啤，口感上属于非常干爽的类型。其实每一种啤酒品牌底下也会有不同口味的产品，比如麒麟啤酒虽然稍微偏甜一点，但也有强调清爽感觉的绿牌。总体上来说，日本啤酒各个品牌之间的相似度远远高于差异性。

美国的情形则有所不同。

首先，啤酒被分为面向大众的品牌和面向小众的品牌。最为常见的百威（Budweiser）和蓝带（Blue Ribbon）被认为是面向工人阶级的啤酒，如果是知识分子或者是更为讲究的人群，则倾向选择相对来说比较小众的进口啤酒或者精酿啤酒品牌。"精酿啤酒"这一概念正是由美国人发明的，明确规定了酒厂的年产量不得超过一定的上限，从而将其与百威这样的大规模量产工业啤酒之间划出一条明确的分界线。

其次，工业啤酒和精酿啤酒的价格有着清晰的差异。在酒吧喝一杯普通的百威淡啤（Bud Light）大概只要两三美元，而一杯精酿啤酒的价格则在五美元以上。便利店里罐装的百威啤酒，三美元至少可以买六罐。普通美国人一般开车去超市整箱整箱往家里搬，更是便宜得没话说。

虽然说口味这东西完全是个人喜好，但是在美国大学这种极端讲究"政治正确"的地方，对于啤酒的选择也有明显的"正确"与"不正确"的分别。

村上春树提到过自己在刚到普林斯顿大学的时候，由于搞不清楚状况，在与一位教授聊天的时候随口说自己喜欢百威干啤，对方竟然流露出不胜悲哀的表情。因为对于知识分子来说，首要的一点是要选择与自己身份地位相匹配的有格调有情趣的精酿啤酒。最好是健力士（Guinness）这样的进口啤酒，如果要喝美国啤酒，则要喝波士顿的山姆·亚当斯（Samuel Adams）或是旧金山的铁锚蒸汽（Anchor Steam）——两者都是美国著名的精酿啤酒品牌。

精酿啤酒总体上来说追求风味上的独特性，例如通过投入大量啤酒花或是改变啤酒花的品种和风味等等手段来获得不同的香气。不过这种独特的味道并不是人人都能接受的，喜爱这种酒花丰富的味道显然也和"有格调"没有什么直接的联系。所谓"正确"或是"不正确"，不过是人为划定的标准罢了。毕竟只要是进口啤酒，都不由分说地被划分到"正确"的一侧。明明喜力也好，嘉士伯也好，不过是其他国家的工业啤酒而已。只是因为来自欧洲，地位就比美国的工业啤酒高出一截，堪称怪事。只能说或许美国大学教授所追求的是"与众不同"而已。

村上春树在普林斯顿生活的时候也入乡随俗地遵循了这种规则：

来这所大学之前我不清楚此类名堂，家里家外都美滋滋地喝着 Bud 干啤，近来则在家里偷偷喝了，出门尽可能喝 Guinness（健力士黑啤）和喜力什么的。家里为了招待来客，冰箱里总是储备非美国啤酒。看来当知识分子也真够折腾人的——不是跟你开玩笑。①

这种情况在村上春树搬到波士顿的剑桥（Cambridge）之后有

所改变。与普林斯顿相对封闭而独立的环境不同，波士顿的城市生活和社交环境相对开放而多元，大学里所强调的"政治正确"氛围因而淡化了不少。

村上春树在波士顿喜欢喝波士顿产的山姆·亚当斯啤酒。跑完波士顿马拉松全程，第一件事就是去餐馆喝冰凉冰凉的山姆·亚当斯啤酒，冰箱里也常常储备着山姆·亚当斯的瓶装啤酒。不过既然没有所谓"正确"与否，他偶尔也会去酒吧喝普通的蓝带啤酒。

并不是说特别好喝，但味道清清淡淡的，适合过午时分随意喝上几口。我住在马萨诸塞州剑桥时，附近有个酒吧卖蓝带的生啤，夏日炎热的午后，我常常去那里喝一杯。电视里总是在放波士顿红袜队的比赛实况。②

村上春树甚至用蓝带啤酒招待了去他家做客的小泽征尔，使得客人大为满意。

据小泽先生说，他在纽约给指挥家伦纳德·伯恩斯坦做助理时，几乎没有收入，只好过着穷日子。啤酒也只能喝最便宜的，那便是蓝带。③

早已成为大师的小泽征尔便一边怀念着从前的穷苦岁月，一边大口大口喝起了蓝带啤酒。

那不禁让我想起村上春树的一篇随笔《贫穷去了哪里》。众所周知,村上春树年轻的时候曾经有过一段"奶酪蛋糕形状的贫穷"。借债开酒吧,和妻子两个人住在紧邻铁道的破旧公寓里,冬天甚至冷到需要抱着猫来取暖的地步。随着年龄的增长,不光作家自己早已远离了贫穷,身边的人也莫名其妙地不再贫穷了。

不过和小泽征尔先生一样,村上春树也常常回忆起过去的贫穷时光。虽然贫穷固然不是什么好事,不过年轻的时候谁都难免会过一段穷日子,也自有靠着年轻能够渡过难关的办法。所以有钱或是没钱,对于年轻人来说,并不是那么重要的事情。

实际上——这么说倒极不好意思——贫穷是非常快活的事。在夏天晒得半死的下午,脑袋一阵眩晕闯进饮食店,本想在冷气中喝一杯冰镇咖啡,却转念同老婆互相鼓励"忍一下吧",于是死活忍到家中"咕嘟咕嘟"大喝麦茶……那快活滋味真是没得说的。那是和钱无关的问题,是所谓想象力问题。④

同样,只要是冰凉冰凉的啤酒,无所谓是什么牌子,最便宜的蓝带也好,走进随便一家酒吧都能端出来的朝日或麒麟也好。年轻而贫穷的时候,从啤酒中获得的乐趣是完全不同的。

我个人其实很喜欢精酿啤酒细腻的口感和层次丰富的香气，但不得不承认，那确实是从"品尝"啤酒的角度来说的。如果是像年轻人一样，可以毫无顾忌地大口大口畅饮的话，口感淡爽而没有太多苦涩酒花风味的啤酒其实是更为合适的选择。那种专属于年轻人的喝法本身，比啤酒的品牌和味道更吸引人。如同《且听风吟》中写的那样：

整个夏天，我和鼠走火入魔般地喝光了足以灌满 25 米长的游泳池的巨量啤酒。⑤

我每次读到这里都会想喝啤酒。
可以说，那就是年轻人的世界里才能看到的"有蓝带啤酒的风景"。
从喝啤酒的角度来看，村上春树的小说是真正意义上的青春小说。

---

①②③　村上春树：《有蓝带啤酒的风景》，载《爱吃沙拉的狮子：村上 Radio》，施小炜译，南海出版公司。

④　村上春树：《贫穷去了哪里》，载《村上朝日堂 嗨嗬！》，林少华译，上海译文出版社。

⑤　村上春树：《且听风吟》，林少华译，上海译文出版社。

从纽约酒吧墙上的啤酒招牌来看,米勒(Miller)、山姆·亚当斯(Samuel Adams)都是东海岸流行的小众啤酒品牌。

健力士（Guinness）在美国的爱尔兰酒吧或是英国都非常受欢迎，新鲜现打出来的黑啤上面有着奶油般细腻丰厚的泡沫。

百威在美国价格非常便宜。

如果是自己在家喝啤酒的话,大众化的蓝带或是百威其实是不错的选择。

夏天在东京的居酒屋喝札幌（Sapporo）生啤酒。

在事先冰过的玻璃杯里打出泡沫丰富的新鲜啤酒，无论什么牌子都好，是适合在夏天大口畅饮的青春。

酒厂参观

很少喝清酒的村上春树和安西水丸一起参观了村上市的清酒工厂。

虽然村上春树自己不怎么喝日本酒，却也兴致勃勃地和安西水丸一起去参观了新潟村上市的清酒工厂宫尾酒造。

村上春树作品里几乎没有喜欢喝清酒的人物出现（安西水丸除外），这一点甚至可以作为他的作品不具有"典型日本性"的例证之一。

用村上春树自己的话来说，他本人年轻时由于喝了太多廉价日本酒酩酊大醉，甚至到了重重摔在椿山庄学生寮旁边台阶上的程度，因此对清酒产生了心理阴影。

因此去参观清酒工厂与其说是对酒感兴趣，倒不如说他对"生产酒的工厂"更感兴趣。

比如说，制造小说的工厂是怎样的工厂呢？制造悲哀的工厂是怎样的工厂呢（例如诗的语言）？制造大规模间接税收、存在主义和得过且过主义以及青山学院大学校长的是怎样的工厂呢？那里有什么人、如何做工——我不由得如此想入非非，有时还就细节加以验证。①

在身为小说家的好奇心的驱使下，村上春树选择了到人体标本工厂、婚礼工厂、假发工厂等七间工厂一探究竟。探访工厂的见闻收录在随笔集《日出国的工厂》里。书中第一篇便是生产人体标本模型的京都科学标本，不禁让人立刻想起《跳舞的小人》

中制作大象的工厂。最后一篇关于假发工厂的调查研究结果则被作为素材写进了《奇鸟行状录》里。

"噢,我嘛,跟公司关系不错,问了好多好多事,"笠原 May 说,"那些人赚得一塌糊涂嘛。让东南亚那种低工资地方做假发,毛发都是当地收购的,泰国啦,菲律宾啦。那地方的女孩们把头发剪了卖给假发厂。有的地方女孩嫁妆钱就是这么来的。世界也真是变了,我们这儿哪位老伯伯的假发,原本可是长在印度尼西亚女孩头上的哟!"②

这间名叫亚德朗斯的假发工厂位于新潟,公司总部则位于东京新宿,负责接待前来咨询的顾客(或许也负责找笠原 May 这样的打工女孩在银座车站前面数头发稀疏者的人数)。对于怀着烦恼来咨询的顾客,公司员工巧妙地用言辞化解顾客心中对于假发的抗拒,从而成为公司产品的终身客户——人一旦开始用假发就要一直用下去。

在《日出国的工厂》中提到的七间不同的工厂之中,假发工厂因其独特的经营之道和其中具备的微妙隐喻最终在《奇鸟行状录》中成为高度发达资本主义的象征,同时也开启了村上春树其后作品里关于教团的思考。

回程的新干线中,我一直在思索这家企业同什么相似。是的,同新兴宗教团体相似。清洁,有力,有坚定的方针,而且明朗,以人们的苦恼作为发展的动力。③

这样的话题或许过于沉重,于是在返回东京之前,村上春树和同行的安西水丸去附近的城下町游览,并在此意外地与清酒工厂宫尾酒造邂逅。

安西水丸在自己的作品《慢悠漫游城下町》中也讲述了这一段往事,详细描述了村上市作为城下町的历史和风情,并且宣称宫尾酒造酿造的缔张鹤清酒是"我在这个世界上最爱喝的酒"。两人甚至和酒厂老板宫尾行男先生成为朋友,每次村上春树参加完村上市举办的铁人三项赛之后,便一起去宫尾先生家喝自家酒厂产的清酒。

相比于产品多少有些奇幻色彩的人体模型工厂,或是以顾客的人生幸福为终极目标的假发工厂,清酒工厂或许有些普普通通。但就我个人的参观体验来说,清酒工厂与通常意义上(或者说想象中)那种拥有大规模机械化流水生产线的工厂截然不同,带有一种"非典型工厂"的意味。

当然高度机械化的工厂也很厉害。想要体验这一点的话,啤酒工厂是不错的选择。我曾经在福冈参加过朝日啤酒工厂的导览,活动完全免费，只要提前在网上预约就可以了。当天一起参加导览的大约有十几个人，外国人占一多半。每个人都可以领到一个语音设备，工作人员会帮你选择你需要的语言。接下来的导览过程也如同半自动化的流水线作业一般，首先观看一段朝日啤酒的宣传片，然后在导游的带领下沿着规定的路线参观啤酒生产过程，途中可以用手触摸酿酒用的酒花和麦芽，亲眼看到糖化后的液体在酵母的作用下咕噜噜冒着气泡。高潮当然是从透明的窗户里望见一整条啤酒包装的流水线，一个个啤酒瓶在闪闪发亮的机械装置操控下被码放得整整齐齐，以同样的速度和方向统一前进、旋转、颠倒，变成放在方方正正纸箱里的产品。除了偶尔有一两个穿着白色制服的人走过，对设备进行检查和调试以外，整个工厂几乎看不到有人存在。一切都静悄悄又极为有序地进行着。

　　大家看到那个场面，无论日本人还是外国人，都会忍不住发出惊叹的声音。在那种令人觉得渺小的庞大的机器面前，人人都会不由自主地产生"好厉害"的感慨。

　　然后导游会趁机介绍公司最新开发的技术手段，可以把废弃的啤酒瓶或是啤酒罐收集起来，将材料重新分解，转化成纤维，用来重新制作工厂工人的制服或是其他产品。于是大家再次在那看起来很普通的工人制服前面发出"好厉害"的赞叹。

　　结束参观之后，终于可以进入试饮啤酒的餐厅，喝下刚刚从工厂生产出来的带着雪白泡沫的朝日啤酒，人人都笑逐颜开。

与此相比，参观清酒工厂的过程就要平静得多。

首先参观的人少。我所造访的神户"白鹤酒造"也算是关西地区数一数二的大酒厂，然而去酒厂参观的人寥寥无几，除了我之外，只有一大家子游客以及一对日本老夫妇。另外酒厂并不提供语音导览，也没有预设好的参观路线，大家随意在房间里东看看西看看，说是工厂不如说更像是展览。

其次参观旨在令游客感受到酒厂所引为自豪的"传统"的一面。酒厂用于实际生产的部分并不开放参观，而是将展览陈列在过去使用的二层木制酒窖里。从米的碾磨到蒸米、发酵、制作酒曲，直到最后的装瓶过程，全部以人偶配以过去真实使用过的工具来展示传统酿酒工艺的全过程。最引人注目的莫过于发酵用的巨大木桶，足有两层楼之高，也是令人忍不住想要惊呼"好厉害"的东西。不过那毕竟与全自动流水线无法相比。除了酿酒工艺，二层也展示过去酒厂所使用的包装和产品宣传海报，充满了浓浓的昭和风味。总而言之，展览令人沉浸在"过去"的氛围之中，心情上似乎少了那种与现代化工厂关联在一起的一往无前，反而像是被定格在过往时光某处一般沉静。

其实工厂的厂房就在与酒造一步之遥的地方，从外面也能看到成排的户外贮酒罐，如同沉默的庞然大物一般。也就是说，清酒工厂也有着现代性和机械化的一面，只不过被刻意隐藏了起来，而试图凸显出来的则是"传统"和"手工"的概念。

在参观最后的试饮环节，所提供的三种酒也全部号称是"限定款"。从酒厂直接出品的未经消毒的生贮藏酒，到用六甲山的水制作的大吟酿，可以从中体会到每款清酒口感和味道上的差异性。

总体来说，神户所在的滩区所产的清酒是偏向辛口的，和村上春树所参观的新潟县出产的清酒有相似之处。但要具体描述这种差异，除了亲自去喝喝看之外，我认为是难以实现的事情。不过村上春树会用写文章的方式来形容宫尾酒厂的酒是"笔调纯正之酒"。说起来村上先生很擅长用写作或音乐来描写酒的味道和感受。在艾雷岛参观威士忌酒厂的时候，村上春树也曾经用文章来比喻拉弗格威士忌的味道："相当于海明威初期作品中那种入木三分的笔触，不华丽，不用艰深字眼，但准确刻画出了真相的一个侧面，不模仿任何人，可以清晰看出作者的面目。"

那描述实在是精妙。

不愧是职业小说家啊。我一边这样感慨一边忍不住想尝一尝宫尾酒造的清酒。

---

①③　村上春树：《日出国的工厂》，林少华译，上海译文出版社。

②　村上春树：《奇鸟行状录》，林少华译，上海译文出版社。

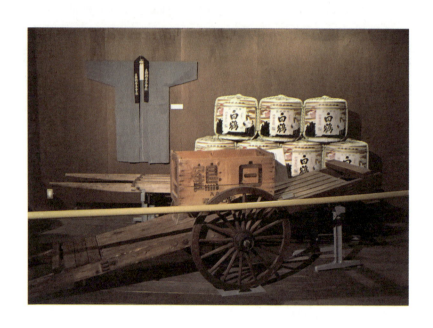

白鹤酒造清酒资料馆里展出的用来存放清酒的酒桶和木箱,有着浓浓的昭和风情。

参观结束后可以在清酒资料馆里试喝在酒厂才能喝到的特色生酒神户到西宫之间的滩区拥有众多清酒工厂,从业人员甚至成立了滩酒研究会来推广当地的清酒。

朝日啤酒工厂的风格就要现代化得多,高度自动化的流水线和工厂标志都具有十足的未来感。

札幌啤酒工厂提供三种当地限定款新鲜生啤

参观酒厂最棒的部分永远是最后的试饮环节。

托斯卡纳

在托斯卡纳的小城，夜晚的壁炉前，喝着一九八三年份的基安蒂葡萄酒，将往事娓娓道来……旅居意大利期间常常去托斯卡纳买葡萄酒喝的小说家写下了这样的故事。

我对葡萄酒了解不多,葡萄酒对我来说是很深奥的东西。葡萄品种啦、产地啦、年份啦、阳光啦、温度啦之类的影响因素使得葡萄酒的风味复杂多样,甚至采摘方式或是施肥种类似乎都有很深的学问。因此对于村上春树小说中提到的葡萄酒,起初我并没有太多直观的感受和认知,只把它当作去稍微正经一点的西餐厅里吃饭时理所当然会出现的配角那样接受下来。

比如《寻羊冒险记》里"我"和耳模特女友在法国餐厅的约会,我们吃鸭肉酱、鲷鱼酱和鱼肝酸奶油,而"我"为此"扫视葡萄酒单,尽可能选淡些的白葡萄酒"。

又或者在《世界尽头与冷酷仙境》里,"我"和图书馆女孩去庭院里栽着梅树的意大利餐馆里花很多时间细细地挑选了淋草莓酱汁的小虾沙拉、生牡蛎、意式牛肝酱、炖墨鱼、油炸芝士茄子、醋渍西太公鱼、意面、焖鲈鱼、菠菜沙拉和蘑菇烩饭,外加饭后甜点和咖啡。而对于葡萄酒,则完全由图书馆女孩和侍者商议决定,"我"只顾在那段时间里观赏窗外的梅树。

真正开始在意起葡萄酒来是在去意大利旅行之后。因为对葡萄酒知之甚少,我们在意大利的餐馆里一般直接点店酒(House Wine)。冰凉凉的葡萄酒倒在透明的玻璃酒樽里端上来,倒在杯子里一喝,味道出乎意料地好,而且几乎每家餐馆的店酒都如此。价格也便宜,在罗马来说通常是5—6欧元,比在餐馆点矿泉水贵不了多少。当然也去了以葡萄酒著称的托斯卡纳：在佛罗伦萨当地报名一日游的旅行团前往锡耶纳，途中参观了圣吉米尼亚诺和蒙特里焦尼两座小城。中午在一家酒庄吃午餐品尝葡萄酒，也终于多少明白了一些托斯卡纳出产的基安蒂葡萄酒是怎么回事。

再回想起村上春树作品中的葡萄酒，自然会想起《斯普特尼克恋人》。令主人公堇陷入排山倒海的龙卷风般恋爱的年长女性敏，便是从事进口欧洲葡萄酒的工作。她无论穿着打扮还是举止言谈都十分得体，是喝葡萄酒时举起酒杯"冲着天花板细细审视，确认芳香，随后悄悄含入最初一口"都带有自发优雅的女性。不过两人第一次单独吃饭时敏喝的是沛绿雅矿泉水，接下来即使是为了业务需要去餐馆用餐并研究葡萄酒目录单，喝的也是法国葡萄酒（昂贵的波尔多或是 1968 年的梅多克）。直到两人出于工作的原因一起去法国和意大利旅行，我们才从堇在罗马写来的信上读到关于意大利葡萄酒的只言片语。

我们先飞到米兰，逛街，然后租一辆蓝色阿尔法·罗密欧，沿高速公路向南开去。在托斯卡纳区转了几家葡萄酒厂，谈妥生意，在小镇上颇有情调的旅馆住了几晚，之后来到罗马。①

托斯卡纳的葡萄酒到底如何，堇并没有写。只是提到敏在托斯卡纳丘陵间的弯路上轻松地不断换挡驾驶汽车的画面令她感到心动不已。

若就意大利美妙的葡萄酒和饮食写起来，必然写得很长很长，还是留给下次机会吧。②

这封寄自罗马的信这样写道。

或许不适合写在小说里，关于托斯卡纳的美食和美酒，村上春树在随笔集《远方的鼓声》里做了详细的描述。

村上和太太两个人旅居罗马的几年里，写下了《挪威的森林》和《舞！舞！舞！》两部长篇小说。可是罗马并不是适宜生活的城市，充斥着这样那样的烦心事。于是村上春树常常开车去意大利其他地方旅行以转换心情，其中最令他中意的地方便是托斯卡纳（若进一步缩小范围，就是基安蒂地区）。

基安蒂地区位于锡耶纳以北，佛罗伦萨以南。两座城市都历史悠久，无论建筑还是氛围都非常迷人。其间绵延着一望无际的绿色丘陵，散落着若干小而精巧的古城，以及数量众多的葡萄种植园。如果租辆车在此悠闲地转一转的话，大概需要花上好几天的时间。住在酒厂或农家附带的房屋所改建而成的民宿里，品尝当地野味做成的菜肴，喝酒窖里拿出来的地地道道的基安蒂葡萄酒，充分享受迷人的田园风光，是托斯卡纳最吸引人的旅行方式。

我们只花了一天时间参团旅行，当然不足以了解托斯卡纳的全貌。不过当薄暮降临之时，站在静谧小城外的石墙上眺望淡粉色天空底下起伏的绿色大地时，我的确体会到了那种想要在这里住下来，想要在托斯卡纳的夜晚静静喝着基安蒂葡萄酒的心情。

难怪村上春树会将托斯卡纳作为居住在意大利的首选。不过在托斯卡纳"买房子住下去"的想法还是只停留在脑海中而未付诸行动，不然可能写出来的小说会与住在罗马写出来的小说大相径庭。

《斯普特尼克恋人》的故事最终也没有发生在罗马。堇只是留下在罗马写来的信，便匆匆离开，跟随敏去了法国，在同样盛产葡萄酒的勃艮第村庄经由敏的熟人介绍一起去了希腊，住进了希腊小岛的别墅，并从此消失不见。

虽然村上春树对罗马诸多抱怨，但从堇在信里关于罗马的简短描述中我们得知，那里是一个会让人忍不住写点什么的地方。

此刻我在罗马一条小巷尽头的一间露天咖啡馆里，一边吸着恶魔汗水般的浓浓的蒸汽咖啡，一边写这封信。

敏出门见罗马老朋友去了。我一个人在旅馆周围散步，途中见到一家咖啡馆，便进去歇息，就这样紧一阵慢一阵给你写信。简直像从无人岛上把信装入瓶内给你寄去。也真是奇怪，离开敏孤零零剩得自己一人，也没心绪找地方游逛了。罗马本是第一次来（也许不会来第二次了），却不想看什么古迹，不想看什么喷泉，不想买什么东西，而只是这样坐在咖啡馆椅子上，像狗似的呼哧呼哧嗅街头气息，观察来往行人的面孔——只这样我就十分满足了。③

不管怎么说，与小说里的堇不同，村上春树到底还是在罗马住下来。不时开车去托斯卡纳"四处转转葡萄园，买几箱当地直销的葡萄酒回来"，并借机放松心情，然后回到罗马再继续埋头写下去。

这样看来，托斯卡纳多少有些"生活在别处"的意味。开车行驶在丘陵之间蜿蜒的道路，就能进入梦一般宁静的田园风景之中。在富有情调的旅馆里住上几个晚上之后，终归要回到烦扰的日常里去。只有汽车后备厢里满满的基安蒂葡萄酒连接着梦与现实：梦一般好喝，难以置信的便宜，却真实存在着。在回到现实之后依然得以延续托斯卡纳式田园之梦的，正是基安蒂葡萄酒。

几年前村上春树新的旅行随笔《假如真有时光机》出版之后，我又再次从书中读到了他对托斯卡纳的迷恋。那个时候我才注意到，早在旅居罗马时期创作的短篇小说集《电视人》里，他已经写过了真正的基安蒂葡萄酒。那篇小说的名字叫作《我们时代的民间传说——高度发达资本主义社会的前期发展史》。"我"和高中同学在意大利的小城卢卡意外相逢，借着这样的契机，他对我讲起了自己与青梅竹马的女孩之间的爱情故事。

卢卡同样是位于托斯卡纳的小城，但在地理位置上不属于基安蒂地区，较佛罗伦萨更靠北。从佛罗伦萨出发搭火车可以在一天时间里很方便地游览比萨和卢卡两座城市。如果说董在罗马这样的城市写信尚不足以令人感到惊讶的话，那么在卢卡这样的小城能够和多年不见的高中同学住同一间旅馆肯定达到了让人惊呼"世界真是太小了"的程度。

因为这样的意外，两人走进有暖炉的意大利餐馆，点了可提布诺葡萄酒，吃着美味的牛肝菌料理。对方也在第二瓶葡萄酒的作用下，原原本本地向我道出了往事的原委。

我想，他大约很多年以前就想告诉别人那个故事了，可是，一直没有找到适当的对象。而且，我认为，如果当时不是在意大利中部小镇里一家气氛极佳的餐厅、如果那瓶酒不是香醇可口的八三年份的红酒、如果当时壁炉没有燃着熊熊烈火，或许直到那天晚上我们分手为止，他也不会对我说出那段故事。④

村上春树在多年后关于托斯卡纳的游记《白色道路与红色葡

萄酒》里提到，会在小说里写到可提布诺葡萄酒，正是因为他住在罗马期间常常去托斯卡纳买这种酒来喝。而出产这种可提布诺葡萄酒的巴迪亚可提布诺酒庄的主人刚好读到了这篇小说，专程写信感谢他，并寄给他小说里提到的1983年份的可提布诺葡萄酒。

巴迪亚可提布诺酒庄位于基安蒂地区的核心地带，是当地最为古老的酒庄之一。酒庄前身是一座受美第奇家族庇护的修道院，现在经营酒庄的女主人据说也有美第奇家族的血统。原本以为这样的葡萄酒价格势必令普通人难以接受，不过实际调查一下的话会惊讶地发现，即便在国内购买，普通年份的可提布诺葡萄酒也只要200—300元。四十年前的葡萄酒现在可能不大容易搞到手，不过考虑到小说写作的时间，当时1983年份的葡萄酒并不会太贵。我没有自信尝出不同年份葡萄酒的好坏，不过基安蒂的葡萄酒喝起来大体来说十分醇厚，单宁感强劲但不突兀，水果的香气大于甜度，和单宁平衡得很好。尤其就性价比来说是会让人忍不住想要一箱一箱买回家的程度。这样说或许有失偏颇，但在我所了解的范围里，基安蒂葡萄酒身上似乎存在着类似这样的口碑与价格的反差。

这种反差刚好奇妙地出现在小说里喝了基安蒂葡萄酒便忍不住开口讲述与自己形象截然不同的人生故事的主人公身上。

在"我"和"我"并不完美的朋友眼里，他和他的女朋友如同只存在于牙膏广告里的清纯先生和清纯小姐，我们甚至对于他们优秀得过于典型的人生毫无兴趣。而在听了他自己酒后所讲述的故事之后，连"我"也不得不承认过去的自己是多么无知而傲慢，"我"对自己身边存在的看起来有些许滑稽却无法令人捧腹大笑的深深的悲哀视而不见。他和她的故事成为我们所以为的一切正朝向好的方面发展的最后时代的民间传说。

在读到《没有女人的男人们》这本书里的《昨天》这篇小说的时候，我再一次体会到了这种反差。

《昨天》这个题目的由来是"我"那明明是东京人却要拼命学一口地道关西话的朋友木樽用日语（并且是关西腔）给披头士的《昨天》填了词。看上去有点分裂的木樽也有一个青梅竹马但从未有过任何越界之举的女朋友。两个人之间的关系一如清纯先生和清纯小姐，虽说背后的原因大相径庭。木樽甚至将女朋友介绍给"我"，让"我"代替他与之交往。他的女朋友栗谷惠里佳倒是大大方方地接受了木樽的要求，于是我们一起去看伍迪·艾伦的电影，在夕阳映照的街道上散步，然后走进餐桌上点着蜡烛的意大利餐厅吃比萨，喝基安蒂葡萄酒。栗谷惠里佳也在那之后向"我"讲述了自己隐秘的梦境。

小说里的"我"和栗谷惠里佳都是大学生，光顾的意大利餐厅势必谈不上多么高级，大概是小有情调适合年轻情侣的那种意大利小酒馆，可以轻松地吃着比萨，喝并不太昂贵的基安蒂葡萄酒倾吐心声。栗谷惠里佳身上也存在着类似"基安蒂葡萄酒反差"这样的东西，木樽并不了解，也不像栗谷惠里佳那样怀有好奇心和进一步探求的欲望。

木樽稍微思考了一会我的话，想要说些什么，却改了主意，咽下那句话，问道："那，你们吃了什么？"

"比萨和基安蒂酒。"我如实相告。

"比萨和基安蒂酒？"木樽吃惊地问道。"她喜欢比萨，我还真是一点都不知道。我俩只去过荞麦面屋或那一带的快餐店。她还喝葡萄酒？我连她喝酒都不知道。"

木樽自己滴酒不沾。

"你不知道的，肯定还有不少呢。"我说道。⑤

那两个人的故事势必不会顺利地进行下去，只剩下"我"和栗谷惠里佳，在十六年后的赤坂饭店葡萄酒品尝会上再次相遇。

"上次和你见面的时候，是在涩谷的意大利餐厅喝廉价的基安蒂吧。而这回却是纳帕酒品尝会，真是奇妙的机缘啊。"⑥

我对纳帕葡萄酒所知更少，无法评价与基安蒂葡萄酒相比哪个更好（似乎纳帕葡萄酒更昂贵一些）。不过从阅读小说的角度来说，总是会让人忍不住开口讲述外表之下隐藏起另一面的基安蒂葡萄酒，实在是很了不起。

•

---

① ② ③　村上春树：《斯普特尼克恋人》，林少华译，上海译文出版社。

④　村上春树：《我们时代的民间传说——高度发达资本主义社会的前期发展史》，载《电视人》，林少华译，上海译文出版社。

⑤ ⑥　村上春树：《昨天》，载《没有女人的男人们》，林少华、竺家荣、姜建强等译，上海译文出版社。

在意大利喝的店酒（House Wine）都很不错。

放在玻璃樽里冰凉的白葡萄酒非常适合夏天。

在佛罗伦萨的餐馆里用很实惠的价格就能喝到美味的基安蒂红酒。

托斯卡纳的绿色丘陵中间点缀着葡萄田,是能孕育出美味葡萄酒的土地。

傍晚的托斯卡纳小城

真想住下来在夜晚的壁炉前吃美味的托斯卡纳料理，喝基安蒂葡萄酒。

如果我们的语言
是威士忌

「我」将「鼠」留下的威士忌递给第一次造访的羊男,作为读者的我们也接过了村上春树递过来的威士忌酒杯。

"我"第一次见到羊男的时候,便和羊男一起坐在"鼠"的别墅沙发上喝威士忌了。虽然"我"没有开口问,但看上去羊男喜欢威士忌。威士忌代替了两人之间的语言,我们只管往威士忌里加冰,沉默地各自喝着,然后再往融化了一半的冰块上咕嘟嘟浇上威士忌。

威士忌是"鼠"留下来的。

羊男离开之后,我一个人在空荡荡的别墅里又默默地喝掉了五厘米的威士忌。

《寻羊冒险记》读到这里,我已经忍不住想要去拿威士忌和冰块了。

当杯子里金黄的酒在舌尖上散发出麦芽的香醇,我感到自己手里端着的仿佛是从大雪覆盖着的深山别墅里递过来的酒杯,杯子里装着构筑故事的言语。冰凉的液体滑过喉咙,在胃里酝酿出一阵温热,一如文字的余韵。

虽然不知道"我"和羊男喝的是哪一种威士忌,就好像从来不知道"我"和"鼠"喝的是哪一种啤酒,但那些已经并不重要。重要的是我经由小说产生了想喝威士忌或者想喝啤酒的那种心情,并且实实在在地从手中的酒杯里使那种心情得到了满足。

非常简单,非常亲密,非常准确。

那便可以称得上是村上春树所说的,语言变成威士忌的幸福瞬间。

　　我无法确定不喝威士忌的人能否对这样的幸福感同身受，不过既然语言和威士忌可以互相代替，那么通过品味小说的语言或许也能够多少体会威士忌的魅力。

　　我只好作罢，又啜一口威士忌。热乎乎的感触通过喉咙，顺着食管壁灵巧地下至胃底。窗外舒展着夏日湛蓝的天空和洁白的云絮。天空诚然很美，但看上去总好像被用得半旧不新了似的，拍卖之前用药用酒精棉擦拭得漂漂亮亮的半旧天空。我为这样的天空，为曾经崭新的夏日天空，又喝了一口威士忌。满不错的苏格兰威士忌。天空看惯了也并不坏。①

　　这是"我"在尚未踏上寻羊冒险记的旅程之前，坐在事务所沙发上等待神秘来客再次造访时所喝的威士忌。羊的照片出于偶然性或必然性的原因将"我"卷入非现实的世界，"我"啜饮着酗酒者同伴藏在抽屉里的威士忌，慢慢将这一事实接受下来。

　　虽说这里写了苏格兰威士忌，但由于苏格兰威士忌的种类过多，很难说具体是哪一种威士忌。姑且想象成是柔顺的混合威士忌好了，望着午后夏日天空陷入沉思的时候，平和易饮又荡漾出浓郁香味的苏格兰混合威士忌就很不错。

从早上就开始坐在办公室里喝威士忌的同伴早已和以前判若两人,我们之间的关系不可能再回到从前。虽然我们以"从各处榨取一点"的方式赚了很多钱,但是我们都十分清楚许多事情都在改变,无论如何怀念过去也无济于事。读到如此令人感伤的时刻,作为读者也迫切需要一杯以语言形式存在的威士忌来抚慰内心。

村上春树甚至专门为以作为语言存在的威士忌写了一篇广告词。

卡德萨克,
卡德萨克,
反复口诵之间,
忽然觉得,
它已不再是卡德萨克,
不再是装在绿瓶里的
英国威士忌。
它已失去实体,
仅仅是原来卡德萨克这个词儿的
宛如梦之尾巴的余音。
把冰块投进余音,
喝起来格外香津津。[2]

这里的卡德萨克指的是 Cutty Shark 威士忌，也被称为顺风威士忌，是苏格兰最为著名的混合威士忌之一。村上春树在这篇文字里强调了语言本身的存在感，是可以把冰块投入进去而散发出酒香的程度。将 Cutty Shark 这个词反复诵读几遍，它所代表的含义便不再仅仅只是酒标上所画的气派大帆船的名字。据说这艘帆船是蒸汽时代到来之前英国最后一艘快速帆船，大航海时代的梦想最终以这种形式永远地保留在了绿色的威士忌酒瓶上。

　　小说《没有色彩的多崎作和他的巡礼之年》中，多崎作在毫无来由被朋友抛弃的那段每天只思考死亡的日子里，全靠一杯顺风威士忌才能勉强入睡。

　　那段时间对于多崎作来说，就像是被从甲板上抛入冰冷黑暗的大海，一个人独自在那里承受着孤独的痛苦。在那样的夜晚，明亮的黄色酒标上鼓起风帆的 Cutty Shark 号帆船，大概或多或少给了多崎作一些活下去的勇气，让他在喝下一小杯威士忌后能够进入没有梦的睡眠。

　　许多年以后，多崎作终于鼓起勇气找到四个人问清楚真相，却也明白今后大家只能在属于各自的场所沿着各自的道路走下去。当他坐在家里听着《巡礼之年》的唱片，回忆起远赴芬兰时看过的风景，心里涌起哀伤的时候，喝的依然是瓶子上画着帆船的顺风威士忌。

作倾斜酒杯啜饮帆船威士忌，品味苏格兰威士忌的香气。胃囊深处隐约发热。从大学二年级的夏天直到冬天，满脑袋光想着死亡的那些日子里，每晚就是这样喝一小杯威士忌。不这么做就睡不好。③

顺风威士忌就味道来说是非常清爽易饮的威士忌，相比单一麦芽威士忌来说个性没有那么鲜明，但无论名字的发音还是酒标上的图案所传递出来的信息都十分丰富。这大概是村上春树偏爱把顺风威士忌写进小说的原因之一。

例如在小说《1Q84》里，主人公青豆在酒吧里选中了一个点顺风威士忌高杯酒的男人作为自己的猎物。除了青豆出于个人独特的喜好而被对方秃头的形状所吸引之外，选择顺风威士忌（既不是皇家芝华士，也不是讲究的单一麦芽威士忌）这一点也成了加分项。于是青豆自己也点了一杯加冰的顺风威士忌，并以此为契机开始了与男人的谈话。没想到对方喜欢喝顺风威士忌的原因只是因为酒瓶上的帆船图标——本以为品位不俗，实际上是个只对游艇感兴趣的乏味得惊人的男人。

类似的例子还有《没有女人的男人们》这本小说集里一篇叫作《木野》的文章。木野用自己的名字开了一间小小的酒吧，常来的客人里有一名沉默的光头男子，第一次来就点了啤酒和一杯威士忌。

"最好就普通的苏格兰威士忌。要双份，兑同样量的水，再加点冰块。"④

木野给他倒了一杯帝王白牌威士忌，男人表示很满意。以后每次都以同样的方法喝帝王白牌威士忌。

男人叫神田，以十分神秘的方式解决了两名来酒吧的不速之客。那之后木野给自己也倒了一杯神田喝的帝王白牌威士忌，味道却似乎"并无特别的妙处"。神田为什么一直喝这种威士忌呢？大概只是因为帝王白牌这个名字十分适合神田沉默而强大的形象吧。

最为著名的威士忌形象应该算是大名鼎鼎的琼尼·沃克（Johnnie Walker）了。那个站在方形威士忌酒瓶的标签上，穿着红色外套戴着高顶礼帽，脚踏黑色长靴，一手拿着手杖大步流星往前走的绅士形象据说与发明这款混合威士忌的 Johnnie Walker 先生本人十分相似。《海边的卡夫卡》中残暴的杀猫凶手就把自己打扮成这副模样，连琼尼·沃克的名字也干脆借用了过来。有趣的是，威士忌酒瓶上的这个著名形象后来逐渐变成了一个抽象的标志，弱化了人物本来的模样，只保留了标志性的衣着打扮，即便如此这个走路的人形也早已深入人心。这刚好与《海边的卡夫卡》里琼尼·沃克的形象不谋而合。没有人能准确描述琼尼·沃克的脸究竟长什么样子，只能依靠怪异的衣装打扮记住他的名字。真正施加暴力的人往往面目模糊，琼尼·沃克的形象正是这样一个隐喻。

不过 Johnnie Walker 威士忌本身并不邪恶也不暴力，口感柔和甚至还带点花果香气，是很友好的一款苏格兰威士忌。

村上春树本人在随笔中透露过，自己早年间常喝的威士忌品牌是芝华士和野火鸡，"到外国去的时候就从免税店买回来喝"。不过自从去过苏格兰艾雷岛之后就对艾雷岛的单一麦芽威士忌情有独钟，尤其喜欢拉弗格："如果非让我指定一款酒，我一般就会说拉弗格。"

拉弗格是艾雷岛上七家威士忌酒厂之一，出产风格非常强烈的泥煤风味威士忌。这种风味来自岛上长期被海潮浸润的泥炭。酿酒厂使用这种泥炭作为烘干麦芽时的燃料，因而产出的威士忌带有一种独特的烟熏泥煤味。对于这种风味的评价相当两极分化，不喜欢的人觉得像是消毒水一般难以接受，喜欢的人则被深深吸引永远不会觉得厌倦。

艾雷岛威士忌的泥煤风味很难用语言形容，非得亲自细细品味过不可。初尝时的确会觉得那味道有点奇怪，但是就像海风吹过时所带来的腥咸气味那样很快会令人产生有点熟悉和怀念的感觉。

很遗憾我没有去过艾雷岛，不过在爱丁堡参观苏格兰威士忌博物馆的经历已经足以让我想象出村上春树在艾雷岛品尝岛上七家酒厂所出产威士忌的快乐了。博物馆有自己的威士忌酒吧，品种多到令人眼花缭乱，我只好每次在四大产地（高地、低地、斯佩塞和艾雷岛）中各选一种。往面前每一杯金黄色的威士忌里面小心地加两滴矿泉水，品尝着杯中荡漾出来的醇厚而带有微妙变化的香气，实在是非常幸福的体验。在吧台工作的是个有着爱尔兰血统的红头发年轻人，他向我们介绍了我们点的每一款威士忌名称的盖尔语来历。盖尔语是苏格兰人和爱尔兰人使用的古老的凯尔特语言，很多威士忌酒厂都用盖尔语名称来为自己命名（比如拉弗格的原文"Laphroaig"是盖尔语"靠近海湾的美丽洼地"）。现在大部分苏格兰人已经不再使用盖尔语了，吧台里的年轻人为了工作正在努力地学习这种古老的语言，并且试图向我们解释苏格兰盖尔语和爱尔兰盖尔语在发音上的细微差别。喝到微醺的我当然记不住其中的差别，但是在记忆里，那个坐在威士忌博物馆吧台后面品尝着单一麦芽威士忌的幸福时刻，将永远和爱丁堡秋日晴朗的阳光，广阔而荒凉的海滩边强劲的海风，以及古老盖尔语的回响联系在一起。

因此我十分能理解村上春树为何专门把去苏格兰艾雷岛和爱尔兰的旅行写成一本"散发着威士忌味儿的旅游小书"，并且努力想要把在那里品尝到的威士忌的风味以及带有威士忌味的人们和风景转换成语言的形式，试图把这种幸福感传递给读者。

如果我们的语言是威士忌，那么作为读者的我们或许真能接过村上春树递过来的酒杯，在反复阅读那些文字的过程中回忆起种种打动人心的时刻。

我常去的酒吧里摆着一排旧瓶纯麦芽威士忌，喜欢喝什么就可以拿起什么，的确是难得的享受。如今只要望着不常见的瓶子标签都会心情愉快。不过，喝的时候我总是想起那座爱尔兰小岛的风光。对我来说，纯麦芽威士忌的味道同那风光已经密不可分地连在一起了。海面上吹来的强风撩起一片绿草，奔上徐缓的山坡。火炉里，泥炭发出橘红色的光。家家户户色彩艳丽的房顶上分别蹲着一只白色的海鸥。酒通过同风光的结合，在我身上活生生地焕发出了其本来的香醇。⑤

虽然没有办法写得像村上春树一样好，但在我写下这本书的时候，我也时常怀着这样的心情。食物和故事以某种方式连接在一起，让我无论什么时候读到那些文字都会产生想要喝酒或者"好想吃那个"的心情。读《且听风吟》时想要喝啤酒配醋腌竹荚鱼，读《舞！舞！舞！》时想要自己动手做三明治，读《挪威的森林》

时想要吃寿喜烧……或者与之相对应的，在吃到某种美味食物的时候会忍不住想起那些仿佛存在于现实和非现实之间某个地方的故事。自己一个人在家煮意大利面时电话铃声会不会突然响起来；在列车上吃鲑鱼子便当的时候窗外的风景是否与十二瀑镇有几分相似；第一次到四国旅行时吃到真正的赞岐乌冬面时，幸福的心情如同十五岁的少年卡夫卡……当然还有每一次在夜晚或是午后一边小口喝着威士忌一边翻开小说时的安稳而微小的幸福感。

威士忌在我手中静静露出笑容。⑥

那也可以称得上是我们的语言变成威士忌的幸福瞬间。

---

① 村上春树：《寻羊冒险记》，林少华译，上海译文出版社。

② 村上春树：《卡德萨克酒广告词》，载《象厂喜剧》，林少华译，上海译文出版社。

③ 村上春树：《没有色彩的多崎作和他的巡礼之年》，施小炜译，南海出版公司。

④ 村上春树：《木野》，载《没有女人的男人们》，林少华、竺家荣、姜建强等译，上海译文出版社。

⑤⑥ 村上春树：《如果我们的语言是威士忌》，林少华译，上海译文出版社。

苏格兰威士忌博物馆里的混合威士忌展柜

大受欢迎的尊尼获加(Johnnie Walker)、顺风(Cutty Shark)、帝王(Dewar's)、芝华士(Chivas Regal)都在其中。

参观结束之后可以在博物馆自设的酒吧喝到各种苏格兰威士忌。

在苏格兰喝单一麦芽威士忌的方式是搭配矿泉水。

当地人推荐只加一两滴就好,足以激发威士忌的香气。

希望我们都能接过村上春树递过来的酒杯。

干杯!

图书在版编目(CIP数据)

村上春树的餐桌 / 番小茄著.—武汉：华中科技大学出版社, 2023.7
ISBN 978-7-5680-9798-7

Ⅰ.①村… Ⅱ.①番… Ⅲ.①村上春树—文学研究 Ⅳ.①I313.065

中国国家版本馆CIP数据核字(2023)第129081号

村上春树的餐桌　　　　　　　　　　　　　　　　　　　　　番小茄　著
Cunshangchunshu de Canzhuo

策划编辑：娄志敏　刘　静
责任编辑：陈　然
插　　画：莫梵索艺术工作室
封面设计：琥珀视觉
责任校对：林宇婕
责任监印：朱　玢
出版发行：华中科技大学出版社（中国·武汉）　　电话：（027）81321913
　　　　　武汉市东湖新技术开发区华工科技园　　邮编：430223
录　　排：孙雅丽
印　　刷：湖北新华印务有限公司
开　　本：880mm×1230mm　1/32
印　　张：11.125
字　　数：210千字
版　　次：2023年7月第1版第1次印刷
定　　价：55.00元

　　　　　　　　　　本书若有印装质量问题，请向出版社营销中心调换
　　　　　　　　　　全国免费服务热线：400-6679-118　　竭诚为您服务
　　　　　　　　　　版权所有　侵权必究